ET CES ÊTRES SANS PÉNIS !

DU MÊME AUTEUR

IRAN. J'ACCUSE !, Grasset, 2018.

COMMENT LUTTER EFFICACEMENT CONTRE L'IDÉOLOGIE ISLAMIQUE, Grasset, 2016 ; Livre de Poche.

LES PUTES VOILÉES N'IRONT JAMAIS AU PARADIS !, Grasset, 2016 ; Livre de Poche.

BIG DADDY, Grasset, 2015 ; Livre de Poche.

LA DERNIÈRE SÉANCE, Fayard, 2013 ; Livre de Poche.

JE NE SUIS PAS CELLE QUE JE SUIS, Flammarion, 2011 ; Livre de Poche.

NE NÉGOCIEZ PAS AVEC LE RÉGIME IRANIEN, Flammarion, 2009.

LA MUETTE, Flammarion, 2008 ; J'ai lu.

À MON CORPS DÉFENDANT, L'OCCIDENT, Flammarion, 2007.

COMMENT PEUT-ON ÊTRE FRANÇAIS, Flammarion, 2006 ; J'ai lu.

AUTOPORTRAIT DE L'AUTRE, Sabine Wespieser, 2004 ; Folio.

QUE PENSE ALLAH DE L'EUROPE ?, Gallimard, 2004 ; Folio.

BAS LES VOILES !, Gallimard, 2003 ; Folio.

JE VIENS D'AILLEURS, Autrement, 2002 ; Folio.

CHAHDORTT DJAVANN

ET CES ÊTRES SANS PÉNIS !

roman

BERNARD GRASSET
PARIS

ISBN : 978-2-246-81368-2

Faute de naissance

Il paraît que la sincérité n'est pas une qualité en littérature, eh bien, tant pis : une qualité de plus que je n'ai pas.

J'aurais dû remettre ce roman un an plus tôt à mon éditeur. C'était la première fois que je ne respectais pas la date de remise d'un manuscrit. Non contente d'avoir pris du retard, j'avais eu le culot de lui annoncer que je ne savais pas quand je pouvais l'achever. Le cœur n'y était plus. La volonté non plus. Vous allez savoir pourquoi.

J'ai toujours eu le mal de vie comme d'autres le mal de mer. Je n'ai jamais su bien respirer et cela ne s'est pas arrangé avec l'âge. Je me suis souvent reproché, à voix haute : « Il faut que j'apprenne à respirer ! » À la télévision ou à la radio, lors des interviews ou des débats, où le temps est compté, parler me coûtait un effort titanesque. J'avais le sentiment que les mots se coinçaient dans ma gorge et allaient m'étouffer ; les expulser me comprimait la cage thoracique et déclenchait un malaise soudain ; pousser les mots en dehors de mon corps épuisait muscles et organes vitaux. Ma voix saccadée se faisait pressante et l'enchaînement des mots et des phrases me coupait le souffle. Déjà, dans les taxis qui m'emmenaient au studio de radio ou de télévision, j'étais suppliciée. J'y arrivais angoissée, opprimée, en ayant la nausée, même si ça ne se voyait pas. J'attribuais tous ces symptômes à l'anxiété, à l'émotion, à l'inhibition, à la peur d'écorcher un mot ou de faire une faute, puisque je n'avais pas la possibilité de consulter, comme lorsque j'écris, le dictionnaire ou le Grevisse. Quand il arrivait que le journaliste ou un autre invité me contredît ou me coupât la parole, c'était littéralement me couper l'air, comme s'il m'avait envoyé du gaz lacrymogène au visage ; j'étais asphyxiée, soudain mon cœur s'accélérait, la tête enserrée dans un sac en plastique invisible, je m'égosillais au lieu de parler et la panique déformait les traits de mon visage. J'étais comme une piètre nageuse en train de se noyer. Je me noyais sans être dans l'eau sur un plateau de télé ou au micro d'une radio ! Incapable de gérer la moindre émotion, je vivais le quotidien d'une cardiaque à laquelle toute émotion peut être fatale. Au-delà de l'angoisse et de l'anxiété, j'imputais ces maux à mon caractère, impossible et Impulsif. J'étais caractérielle, incapable de corriger mes nombreux défauts, malgré ma volonté, mon opiniâtreté et ma détermination, malgré mon autocritique impitoyable, malgré des années de psychanalyse, malgré la littérature, malgré des années d'études. Rien n'avait servi à rien.

Je me sentais en proie à une grave dépression inexplicable, d'autant plus que le roman que je venais de publier, racontant la trajectoire de prostituées assassinées en Iran, était couronné de succès. Et mon éditeur, qui se prenait pour un fin analyste – j'espère qu'il ne m'en veut pas – m'avait dit : « Je sais que tu supportes mal le succès, mais ne gâche pas tout, ton roman est très fort, il est important, ne repousse pas les gens qui t'aident. »

Après trois semaines de promotion, du jour au lendemain, sans préavis, j'ai annulé rendez-vous et déplacements. Je n'ose imaginer la colère des journalistes, des libraires et des attachés de presse qui avaient tout organisé et programmé. Je leur dois un Grand Pardon !

Enfermée chez moi, clouée au lit, déprimée à mort, je m'incriminais d'avoir tout gâché et d'être ma pire ennemie. Je m'étouffais de colère ! Pourquoi la reconnaissance littéraire me rendait-elle si malheureuse et physiquement malade ? Je me croyais atteinte d'une dépression définitive, irrémédiable et sournoise. J'avais une ennemie redoutable, beaucoup plus forte que moi, qui vivait en moi et me ruinait de l'intérieur, là où nul autre ne pouvait m'atteindre. D'une façon soudaine et sans aucune raison particulière, j'allais très mal, au point de suffoquer. Sans comprendre ce qui m'arrivait. Plus je respirais plus je m'étouffais. Puis, la crise s'estompait et durant des heures j'étais épuisée, grabataire comme une vieille dame malade de cent ans.

Me sentais-je coupable de réussir ma carrière littéraire sur le dos de femmes assassinées ? La culpabilité pouvait-elle faire somatiser à ce point ? L'échec me réussissait-il mieux que la réussite ? Mes deux précédents romans étaient passés presque inaperçus, et pourtant, après quelques semaines de déception, je m'étais remise au travail.

J'avais consulté plusieurs généralistes, puis deux gynécos qui avaient attribué ces maux à la période de préménopause. « Chez vous, les symptômes se manifestent violemment. » Et comment ! Mon psy aussi me disait la même chose, quelques années plus tôt, à l'époque où je faisais encore une psychanalyse. « Chez vous, les symptômes se manifestent avec une rare violence. » Les ordonnances étaient inefficaces. Je refusais de prendre des antidépresseurs qui, non seulement, n'avaient jamais eu d'effet positif sur moi, mais rendaient mes crises soudaines plus aiguës. Mes maux de tête, mes troubles, que je croyais d'angoisse, commencèrent à me réveiller en pleine nuit. Trempée de sueur, je m'étouffais dans mon sommeil. J'avais froid, chaud, je manquais d'airs. J'ouvrais grand les fenêtres. Je sentais le poids du monde sur ma poitrine.

J'ai toujours eu des règles douloureuses. Être femme ne m'a jamais convenu et à cela il y a de multiples raisons objectives. La période de préménopause, avec ses bouffées de chaleur, ses sautes d'humeur et des règles qui ressemblaient à des fausses couches, m'avait terrassée. Une rhinite et une otite d'abord chroniques, puis quotidiennes, s'ajoutèrent à mes maux. Était-ce une régression ? Retombais-je dans l'enfance ? Je n'avais plus du tout la tête à la littérature, je lisais tout ce que je trouvais sur les attaques de panique, les crises d'angoisse, l'anxiété aiguë, la préménopause. Pourquoi parle-t-on si peu de la ménopause dans la littérature ? Je souffrais de tout, ma capacité de concentration s'était évaporée : « Il est temps de m'abattre », avais-je conclu devant une gynéco.

Quelques mois plus tard, alors que je venais d'avoir cinquante ans, mes règles/fausses couches enfin s'interrompirent, mais mes maux continuaient. Étais-je une femme ménopausée qui n'acceptait pas la fin de sa fécondité, comme disaient certains spécialistes de je ne sais quoi ? Aux crises d'angoisse, au sentiment d'étouffement aux rhinite/otile s'ajouta la toux. Je toussais matin/midi/soir, sans discontinuer, avec la persévérance et l'assiduité d'une personne de très mauvaise foi ! Le moindre effort physique ou intellectuel m'était devenu pénible, je dormais assise, adossée aux coussins et oreillers, car allongée, je ne pouvais plus du tout respirer.

Les maux de tête ne me quittaient plus. Les matins, je me réveillais meurtrie comme si j'avais fait la guerre des tranchées toute la nuit.

J'optai, par goût et par imagination, pour une tumeur au cerveau qui perturbait mon système nerveux et mes capacités cognitives. Je ne sais par quel snobisme il me paraît plus noble de mourir d'un cancer du cerveau que de l'utérus ou du pancréas. Dans ma tête cancéreuse, je rejetais l'idée de chimiothérapie ; je n'accepterais que la morphine pour calmer la douleur, et encore pas n'importe quelle morphine : au lieu de molécules alcaloïdes de l'opium, je me voyais assise, comme mon père, derrière *mangal o bâfour*, « brasero et longue pipe à opium » fumant à volonté de l'opium. J'étais une agonisante bien exigeante. Je me plaisais à imaginer cette belle fin de vie décadente en Orientale mystique, digne fille d'un père opiomane.

Enfant, j'ai fumé de l'opium, à l'âge de huit ou neuf ans. Mon père me l'avait proposé deux ou trois fois, quand on était seuls, quand il était complètement *nââshé*, quand l'opium avait chassé sa douleur, sa tristesse, sa ruine, son amertume, sa peine, son chagrin, sa colère, ses maux, ses échecs, ses traumatismes, quand l'éternité était à portée de ses fantasmes. L'opium métamorphosait totalement mon père mais temporairement. Il achetait, chaque mois, ses rouleaux d'opium à la pharmacie avec une ordonnance médicale. Il était devenu opiomane tardivement, à soixante ans passés, à la suite d'un accident de voiture qui avait coûté la vie à son chauffeur, et lui avait valu à lui des semaines de coma et quatorze opérations.

Mon père m'avait préparé, non sans délectation, son *bâfour* – il en avait une collection. Il a vidé avec une aiguille les résidus d'opium du trou central du foyer du *bâfour*, chauffé le foyer sur les braises dans le brasero, découpé avec son petit couteau un morceau de l'opium marron foncé et l'a déposé avec ses doigts sur le trou du foyer du *bâfour*, puis a pris, avec la pince, un des charbons brûlants dans le brasero et l'a approché, sans le coller, au plus près de l'opium ; quand il a été un peu ramolli, il a aspiré la première bouffée, puis m'a tendu le *bâfour* tout en gardant le charbon brûlant à l'aide de la pince tout près de l'opium qui fondait. J'ai aspiré à pleins poumons. La braise rougissait, l'opium grésillait, et moi…, et moi, après plus de quarante ans, je me rappelle encore le goût de ce fumet fort/âcre/amer/poivré qui a envahi ma bouche, ma tête, mon être tout entier, et cette extraordinaire sensation : devenir légère et éternelle comme l'air.

Faute d'opium, j'avais consulté à nouveau des médecins qui m'avaient donné des anti-inflammatoires, des sirops et d'autres saloperies qui m'avaient détraqué l'estomac, le foie et l'intestin, sans calmer les quintes de toux, les maux de tête/rhinite/otite.

J'habitais en face de la gare d'Austerlitz, à l'angle de la rue Buffon. Le ravalement du musée d'Histoire naturelle, les travaux interminables de la gare, de la chaussée, du trottoir… et les éternels embouteillages monstrueux sur le boulevard de l'Hôpital m'avaient ruiné la santé. Je suis partie me mettre au vert, au sud, au mois de février, louant un studio. Au bout de trois semaines de balades dans les forêts, de tisanes au thym frais et du miel, je toussais moins, je respirais, dormais mieux et mes rhinite/otite s'étaient estompées. J'ai consulté un médecin dans un village. Après avoir feuilleté tous les magazines dans la salle d'attente, j'ai été reçue par une femme un peu ronde, sympathique, attentive et à l'écoute. Elle m'a inspiré tout de suite confiance. Elle m'a auscultée, et a eu l'idée de me faire souffler dans un débitmètre. Aucun médecin n'avait jamais eu cette idée. Ahurie, elle m'a prescrit de la Ventoline, m'a dit qu'il pouvait s'agir d'asthme – pourtant je n'avais jamais eu une respiration sifflante – me conseillant de consulter de toute urgence un pneumologue. Ce que j'ai fait à mon retour à Paris, un mois plus tard. J'ai été reçue par une femme, d'à peu près mon âge. Je lui ai expliqué que depuis toujours je souffrais d'une dépression incurable, d'une constante oppression, de crises d'angoisse, et surtout, je ne savais pas respirer, ce qui déclenchait, parfois même en pleine nuit, un réel sentiment d'étouffement… Bref, à l'opposé des gens qui ne manquent pas d'air, moi, j'en manquais tout le temps. Ça l'a fait sourire. Elle avait de jolies dents. « Personne n'apprend à respirer, la respiration se fait naturellement », m'a-t-elle dit avant de me tendre, elle aussi, un débitmètre. J'ai soufflé dedans très fort et le lui ai rendu. Elle l'a regardé, consternée, a remis le curseur à zéro et me l'a tendu à nouveau, j'ai soufflé dedans une deuxième fois : c'était pire. Stupéfaite, elle m'a demandé :

« Comment avez-vous vécu ? Suivez-moi. » Nous sommes allées dans une autre pièce, elle m'a demandé d'entrer dans une cabine, genre téléphonique, de prendre entre mes dents le tuyau d'un appareil et de souffler dedans, pour faire une pléthysmographie. Mesurer les explorations fonctionnelles respiratoires. On allait enfin explorer quelque chose en moi. C'était amusant comme un jeu d'enfant. J'ai soufflé fort, court, comme un chien, rapide, lent, puis rapide, retenu ma respiration, puis j'ai soufflé, j'ai aspiré fort, puis vidé mes poumons... Des lignes montaient, descendaient sur l'écran d'ordinateur et le résultat n'était pas brillant. Le jeu a pris fin et nous sommes retournées dans la pièce de consultation.

— Vous auriez pu mourir dans une de vos crises, vous êtes seulement à trente pour cent de capacité pulmonaire. Vous ne faites ni une dépression, ni crise d'angoisse ; vous souffrez d'un asthme chronique sévère et de crises d'asthme aiguës. Comment avez-vous pu vivre ainsi toutes ces années ?

Eh bien mal, très mal. Depuis toujours, je me reprochais d'étouffer sans raison, de faire des crises d'angoisse sans raison, de déprimer sans raison, durant des années, j'avais attribué, psychanalyse aidant, ma grande fatigue, mes maux de tête, mon exaspération, mon mal de vivre et cette constante oppression sur la poitrine à ma dépression, à mon caractère impossible, alors que la seule raison était le manque d'oxygène dans mes poumons, dans mes cellules, dans mon cerveau... Les gens m'étouffaient littéralement car ils me bouffaient le peu d'oxygène que mes poumons étaient capables d'inspirer.

J'étais soulagée, à un point que vous ne pouvez imaginer ; soulagée d'apprendre qu'il ne me restait que trente pour cent de mes capacités pulmonaires, et ce, sans crise, après deux mois à respirer l'air pur des forêts. J'étais soulagée d'apprendre que mon mal-être, depuis toujours, s'appelait asthme sévère. Je n'étais coupable de rien, alors. Nul ne maîtrise le fonctionnement de ses poumons. J'allais embrasser la pneumologue ! Mes crises d'angoisse sans objet, ma dépression sans objet, mon étouffement sans objet, mon épuisement sans objet, avaient des causes biologiques et non psychologiques. Au diable la psychanalyse ! Ah que j'étais heureuse ! Voilà une vraie renaissance ! Avec des poumons obstrués, mais une renaissance quand même.

Elle m'a prescrit de nombreuses analyses et un scanner pour vérifier l'éventuelle présence de tumeurs. J'avais développé une hypersensibilité à la pollution, aux acariens, aux produits nettoyants chimiques, qui provoquaient maux de tête/rhinite/otite. J'ai oublié de dire que j'avais eu, en deux ans, trois dégâts des eaux dans mon appartement et que la moisissure avait encore aggravé ma respiration fragile. Bref, j'avais des poumons pourris qui me pourrissaient la vie, mais j'étais contente. L'absence d'oxygène ne laisse qu'un répit de quelques petites minutes, et son déficit nuit insidieusement au fonctionnement de tous les organes, diminue considérablement l'endurance physique et psychique ainsi que la défense du système immunitaire. Voilà pourquoi j'étais malade au moindre coup de vent, ne supportais ni le froid, ni la chaleur, ni le conflit, ni l'émotion. Pour la médecine chinoise, beaucoup de maladies sont causées par l'excès d'émotion ; et rien de plus fatal que l'excès d'émotion quand on manque d'oxygène. Voilà pourquoi je ne parvenais plus à me concentrer, à travailler. Voilà pourquoi je me sentais étouffer dans les transports publics, les taxis, dans les pièces fermées, mal aérées, poussiéreuses, climatisées ou dans les salons du livre… Voilà pourquoi, comme une paranoïaque, j'avais le sentiment que voitures, motos et bus roulaient contre moi, que les gens fumaient contre moi, que les travaux interminables sur le boulevard de l'Hôpital, à la gare d'Austerlitz, partout à Paris ne s'étaient prolongés que pour me nuire. La moindre émotion négative ou positive m'étranglait. À notre insu, nous respirons, à peu près, vingt-trois mille fois par jour, et pour moi, cela représentait vingt-trois mille fois d'insuffisance et de difficulté par jour.

Pour empêcher les branches et bronchioles de mes poumons de se boucher obstinément, un seul remède à vie : Symbicort Turbuhaler 400, corticoïde, matin et soir. Spiriva, contre la bronchopneumopathie obstructive, une gélule à inhaler le matin. Airomir, au besoin, quatre, six, huit bouffées par jour. Et Aerius-Desloratadine avant de me coucher. Des noms beaucoup moins appétissants qu'un cochon de lait rôti au four, mon plat français favori – végétariens, écolos, juifs et musulmans me pardonneront ; j'adore aussi les légumes de toutes couleurs et de tous goûts ; je mange aussi cacher et halal quand ce n'est pas trop gras, sauf les merguez.

J'ai consulté un deuxième pneumologue, un homme, chef du service pneumologie d'un grand hôpital, qui a confirmé le diagnostic d'asthme sévère en ajoutant qu'à ce niveau, il devait y avoir une part héréditaire. Et c'est à ce moment-là seulement que je me suis rappelé que mon père, décédé depuis trente ans, était asthmatique. Je l'avais toujours vu inhaler de la Ventoline.

Malgré la fatigue millénaire sur la poitrine, je me suis enfin remise à mon roman, tout en commençant à faire mes cartons pour quitter mon appartement et l'air pollué de Paris. J'ai renoué avec mes personnages comme on retrouve de vieux amis perdus. J'ai un lien émotionnel, d'amour et de haine, avec mes personnages. Durant les mois d'écriture, ils font partie de ma vie qui s'organise autour d'eux. Je me réveille à sept heures. Je me mets, avec une grande tasse de café sucré au miel, derrière mon bureau. Je travaille toute la matinée, puis, vers treize heures, en me préparant à manger, j'écoute, en podcast, les nouvelles du matin et les émissions culturelles, lis les journaux, en français et en anglais. J'avais aussi commencé à écouter sur YouTube les infos sur les chaînes de télévision en persan, installées à Londres ou aux États-Unis ; ce que je ne faisais jamais auparavant, car le persan, même après vingt-sept ans, peut perturber encore mon français, à l'oral comme à l'écrit ; et il arrive qu'au beau milieu d'une phrase, d'une façon totalement inopinée, un mot persan pointe son nez et s'incruste dans ma tête, sans que je me rende compte qu'il s'agit d'un mot persan ! Je me répétais chaque jour que je n'écouterais plus les nouvelles en persan, mais, à l'heure du déjeuner, telle une droguée, je récidivais. « Ça chauffe dans le golfe Persique… La tension monte au détroit d'Ormuz », où j'ai passé mes années d'étudiante. « Le régime iranien provoque l'Amérique en attaquant navires et drones… » Les nouvelles ne présageaient rien de bon.

Si la littérature est ma passion, la politique, d'une manière viscérale et maladive, m'est chevillée au corps. Je n'arrive pas à couper le cordon. La situation est catastrophique en Iran. L'économie est ruinée, les gens sont accablés par le chômage, la pauvreté, beaucoup de retraités, de fonctionnaires et d'ouvriers n'ont pas été payés depuis des mois ; les désastres écologiques et environnementaux sont innombrables ; la sécheresse, la pollution, les tremblements de terre et les inondations ont tué des milliers de personnes seulement durant les deux dernières années. La répression est brutale et sans pitié. Tous les jours, journalistes, activistes, avocats, professeurs, étudiants, ouvriers, minorités religieuses sont arrêtés et emprisonnés. La torture, les pendaisons, les exécutions, les assassinats continuent. Les jeunes femmes qui ôtent leur voile dans un lieu public sont arrêtées et condamnées à dix, vingt ans de prison, sans même avoir « pété le décolleté » ni montré « ce sein que je ne saurais voir ».

Où sont les intellectuels spécialistes de l'Iran qui disaient, dans les années 1990, « si je ne défends pas les femmes qui veulent porter le voile en Europe, je ne peux pas défendre celles qui ne veulent pas le porter en Iran » ? Ils ont bien réussi leur mission en France, en Europe, et partout dans le monde, mais trente ans plus tard, les femmes en Iran sont emprisonnées lorsqu'elles ôtent le voile dans la rue.

Où sont les « vigilantes » de #MeToo ? Il faut balancer qui ?

Les mauvaises nouvelles me consument, je perds parfois mes journées, sans écrire une ligne. Il m'arrivait de passer toute la journée à écouter nouvelles et émissions politiques ou témoignages sur les multiples chaînes en persan installées en Occident et à lire les analyses des spécialistes iraniens, français, anglais, américains – il y a un monde fou de spécialistes et d'analystes du Moyen-Orient ! Les événements me rappelaient les deux années qui avaient précédé la « révolution » de 1979 et l'arrivée de Khomeiny à Téhéran. Ça y est, je suis contaminée, moi et mon imagination.

Il faut que je vous dise, la politique n'est pas qu'une affaire de politique pour moi. C'est une affaire intime, trop intime, hélas ! Comment dire ce trouble émotionnel qui s'empare de moi et fait battre mon cœur avec les poings d'un boxeur professionnel, lorsque j'apprends le risque imminent d'une guerre avec les États-Unis ou avec l'Arabie saoudite…, lorsque j'entends les arrestations, les emprisonnements des opposants, des résistants, des femmes en Iran. Je m'identifie si puissamment à eux que je vis en imagination leur arrestation quarante ans après la mienne. Il y a là quelque chose qui m'atteint intimement. Même si j'ai quitté l'Iran il y a trente ans, les mille souvenirs de mon enfance, de mon adolescence et de ma jeunesse me lient d'une façon indéfectible à mon pays de naissance ; les souffrances que j'ai endurées dans le pays de mon enfance me lient à jamais à ce pays qui n'est plus ma maison. Où que je sois, les événements gravés dans ma mémoire me ramènent à l'Iran ; les traces de cutter gravées sur mes mains, poignets et bras me ramènent à l'Iran.

Les préparatifs de mon déménagement, la réalité de ma vie, le monde français qui m'entoure, l'excitation et l'enthousiasme de mon installation dans une nouvelle ville pâlissent de jour en jour, ils pâtissent de la gravité des événements politiques dans mon pays natal.

Au commencement, entre moi et la politique, il y a eu de très longs après-midi ; des après-midi interminables comme il n'en existe que dans l'enfance. Ce sont les choses les plus *âtefi*, le mot me vient en persan, les choses les plus affectives qui nous font le plus mal, qui nous marquent, qui nous forgent aussi.

À l'âge de la préadolescence, à peine sortie de l'enfance, chaque après-midi, vers cinq heures, exactement à l'heure où il y avait à la télé le programme pour les enfants, au beau milieu de *La Panthère rose*, de *La Famille Pierrafeu*, de *Laurel et Hardy*, de *La Petite Maison dans la prairie* ou de *Zorro*, j'étais appelée dans la chambre de mon père ; et je n'avais d'autre choix que de m'y rendre aussitôt. Si jamais je traînais quelques secondes, la voix de ma mère se faisait entendre : « Ton père t'a appelée. Dépêche-toi ! » J'y allais le cœur lourd de chagrin, je savais ce qui m'y attendait. J'avais le malheur d'être une bonne élève et de lire très bien pour mon âge, et mon père avait de plus en plus de difficultés à lire. Sa vue avait beaucoup diminué et il lui fallait sa dose quotidienne de lecture des deux journaux de l'époque, *Keyhan* et *Ettélâat*, équivalents du *Monde* et du *Figaro*. Nous étions en 1976 et je n'avais pas encore mes dix ans, mon père pas loin de quatre-vingts.

Dans sa chambre, enfumée d'opium et de Winston, je m'asseyais, par terre, sur le tapis, à côté de lui, adossé aux coussins. Il me tendait la double page du journal pliée en deux ou en quatre et m'indiquait l'article que je devais lire à voix haute. Je ravalais mes larmes et commençais la lecture. Comment dire à quel point je haïssais ces heures de lecture obligatoire ? Je n'avais ni l'âge d'être exposée aux violences sociales et politiques décrites dans les journaux, ni le désir de faire la lecture à mon père. J'imaginais parfois Zorro venant me libérer, en traçant, à la pointe de son épée, son légendaire Z sur le ventre de mon père.

Très souvent, au milieu de la lecture, mon père m'interrompait, de sa voix forte et autoritaire, pour commenter l'événement, il s'emportait contre un tel, invectivait tel autre, critiquait un troisième, traitait un ministre de salaud, de corrompu, de lâche… Moi, je ne voulais qu'une chose, qu'il me laisse retourner devant la télé et regarder mon programme jusqu'au bout, puis lui faire la lecture, mais l'ordre paternel ne pouvait souffrir l'attente, pas même un quart d'heure. Je détestais la tyrannie de mon père et lui-même, de tout mon cœur. « Il aurait mieux fait de mourir avec son chauffeur au lieu de… », je rouspétais en quittant la télé. « S'il était mort, je n'aurais jamais existé… » J'avais été conçue après le terrible accident ; accident dont le fantôme et les dévastateurs dégâts collatéraux avaient entraîné, année après année, la ruine de mon père et, au passage, bousillé mon enfance. « Finalement, il aurait mieux fait de mourir, je m'en serais passée de ma naissance dans une telle famille », concluais-je avec ma cruauté enfantine. Déjà à un âge précoce, j'estimais ma famille indigne de moi.

Parfois, on aurait dit qu'il oubliait totalement mon âge et me parlait d'égal à égale, en analysant la situation, en la comparant avec un événement politique dans le passé, vingt, trente, quarante, cinquante, soixante ans avant ma naissance, à l'époque de Mossadegh, à l'époque de la Seconde Guerre mondiale, de la Première Guerre mondiale, à l'époque de l'occupation russe et anglaise de l'Iran. Au lieu d'être devant la télé comme tous les enfants de mon âge, comme mes cousines et mes camarades d'école, je devais écouter les tirades de mon père. Il me parlait de Hitler, de Staline, de Lénine, d'Eisenhower, de la révolution de 1905, du Reza Chah, de la révolution blanche du Chah, du rôle et de l'influence des Anglais, des réformes agraires, de la conférence de Téhéran en 1943 où Staline, Roosevelt et Churchill avaient pris des décisions importantes pour contrer Hitler, et surtout des Russes et de leur grande influence au nord de l'Iran et en Azerbaïdjan, même après la Seconde Guerre mondiale. J'encaissais sans vraiment écouter, sans rien dire, gorge serrée, je les détestais tous, aussi bien Hitler et Staline que Churchill et Roosevelt et les autres, qui me privaient de mon Zorro.

Après l'école, je n'aimais pas rentrer à la maison, sachant ce qui m'attendait : des après-midi austères à éplucher les articles de journaux pour mon vieux père opiomane qui frôlait la folie et dont j'étais à la fois la liseuse et la seule auditrice. Je ne pouvais quitter sa chambre que lorsqu'il m'y autorisait, souvent tard, à l'heure où le programme pour les enfants était déjà terminé.

Quand il interrompait sa tirade, il reprenait le journal, choisissait un nouvel article – il avait cette manie de bien plier le journal. Je recommençais la lecture. J'étais impressionnée par ma propre voix, grave pour une fillette de dix ans, qui lisait des tas de choses compliquées. Je n'avais aucune conscience des thèmes politiques, nationaux et internationaux abordés dans les articles et ne comprenais pas le sens de la plupart des phrases que je lisais, mais le visage concentré de mon père qui m'écoutait, comme un élève face à son maître, commençait à m'émouvoir, au point qu'aujourd'hui encore, lorsque je lis les journaux, il est souvent présent dans mes pensées. Je ne comprenais rien non plus aux discours et tirades de mon père qui faisait allusion aux événements historiques, mais, après quelques mois, à force de répétition – mon père invectivait toujours les mêmes personnalités politiques – j'ai commencé à comprendre, et à force de haïr, j'ai fini par aimer, d'un amour ambigu et ambivalent, ces heures de lecture obligatoire qui me hissaient au même niveau que mon père. Cette inversion des rôles – mon père ne m'avait jamais fait la lecture ni raconté des histoires, chez moi les enfants n'existaient que pour obéir – me donnait de l'importance et un certain prestige qui dépassait mon entendement. À dix ans, je me mesurais à lui, un Pacha dont la prestance, même après son accident et malgré l'opium, impressionnait quiconque. Je n'étais plus une enfant, je me sentais une adulte, plus adulte que les adultes qui ne lisaient pas les journaux, et il y en avait beaucoup. Plus adulte que ma mère qui n'était pas préoccupée par la chose politique et ne feuilletait que des magazines féminins. J'appartenais au monde de mon père. Un monde masculin, intelligent, sérieux, viril, un monde qui détenait le pouvoir, le savoir et surtout l'autorité. Ces heures de lecture donnaient des coups de fouet à l'intelligence galopante de la gamine que j'étais et m'ôtaient, du même coup, l'insouciance de l'enfance. Cette expérience particulière m'a procuré également un sens intuitif de l'analyse des événements politiques. Au lieu d'être la petite fille de mon père, j'avais accédé, symboliquement, en tout cas dans ma tête, au statut de sa camarade politique ! Ces heures de lecture ont semé en moi une inquiétude très précoce qui ne devrait pas préoccuper une enfant : celle de l'avenir du pays.

La politique pour une gamine préadolescente est néfaste. Elle a empoisonné mon enfance et par la suite, ma vie. Ces heures obligatoires de lecture m'ont contaminée à jamais, m'ont rendu *droguée* aux heurts et soubresaut de l'Histoire.

Pour imaginer cette enfance et comprendre, ne serait-ce qu'un peu, la vision royalement archaïque de mon père qui avait l'âge d'être mon arrière-grand-père, il faut savoir qu'il était né bien avant la Première Guerre mondiale, à l'époque des Qajar, pire dynastie iranienne, en 1898, dans un Iran entièrement rural où la famine et les épidémies sévissaient et tuaient huit enfants sur dix. Il était venu au monde en Azerbaïdjan iranien où la Russie, avant de devenir l'ex-URSS, était plus présente que le gouvernement qajar. Mon père, fils d'un Pacha assassiné, était un enfant posthume. Il avait connu les souffrances d'une enfance sans père à une époque où être *yatime*, le mot m'est venu d'abord en persan, orphelin, en Iran, était pire que le destin d'un Oliver Twist. Il avait été parmi les rares enfants alphabétisés et éduqués. Il avait été témoin du démantèlement et finalement de l'abolition de l'Empire ottoman, de la révolution russe et de la création de l'URSS, puis de la construction des États comme l'Arabie saoudite, l'Irak, le Liban, la Syrie... et plus tard, après la Seconde Guerre mondiale, de celle d'Israël. C'était un homme qui avait travaillé avec les Russes et les Allemands, connu mille et une vies et beaucoup de femmes, un homme désabusé, d'une grande culture politique. Un homme d'un autre siècle dont les séquelles d'un accident grave avaient précipité le déclin. À presque quatre-vingts ans, alors qu'il avait perdu ses compagnons, ses amis, ses sociétés, sa fortune et sa santé ; devant son *mangal o bâfour*, il n'avait que moi sous la main, sa dernière fille, qui avais encore l'âge de lui obéir, sans discuter. Incapable de prendre en considération les besoins d'une enfant de dix ans, il était un père royalement tyrannique, sans en avoir conscience.

Quant à moi, depuis que j'ai pris conscience de mon existence, j'ai eu la certitude que ma naissance était une erreur de casting : je m'étais trompé de sexe, de famille, du pays et d'époque : j'ai raté ma naissance et je reconnais entièrement ma responsabilité.

Avant de naître, le Malheur m'avait précédée : j'avais perdu un frère. Douleur inconsolable pour ma mère, qui avait dû enterrer son fils adoré. Il était tombé malade et était mort subitement à l'âge où il avait commencé à faire ses premiers pas, à onze mois. Les uns et les autres m'ont raconté cent fois les circonstances exactes de la mort de mon frère et je les ai oubliées cent fois. Ce morveux, qui n'était même pas capable de survivre à une maladie enfantine, m'avait bousillé le destin avant même que je ne fusse née ; je n'allais pas graver les circonstances de sa mort dans ma mémoire. On m'avait répété plus de mille et une fois qu'il avait été beau comme un dieu, qu'il était le fils mer-veil-leux.

Ma mère retombe enceinte. La nature et la physiologie se moquent du deuil. Inconsolable et superstitieuse, elle croit que Dieu a entendu ses implorations et ses prières, et eu pitié d'elle. Ma mère est persuadée que Dieu allait lui rendre son fils. Pas un autre fils. Non. Le même fils. La mort et le deuil seront annulés par la volonté divine. Le fils mer-veil-leux, gracié dans les limbes, allait revenir dans les bras de ma mère. Nous venons de la terre et nous retournons à la terre. Le fils enterré allait ressusciter, ma mère le croit, le sait. Elle ressent son fils dans son ventre.

Il aurait suffi de deux grammes pour que la prière, ou plutôt le délire, de ma mère, folle de douleur, fût exaucée. Mais l'enfant eut l'indélicatesse de naître sans pénis, et cette indélicate n'était autre que moi. Je n'annulais pas la mort de mon frère, je n'annulais pas le deuil de ma mère, oh non ! Par ma naissance indigne, je me moquais de la douleur et du deuil d'une mère qui avait enterré un fils mer-veil-leux. Ma naissance était une injure à la douleur de ma mère. Je l'avais trahie en me blottissant dans son ventre.

Le choc fut si brutal qu'elle avait failli mourir en entendant la sage-femme dire : c'est une fille ! Une partie du placenta était restée dans l'utérus et avait engendré une grave hémorragie. Ma mère n'a jamais pu me pardonner cette trahison, et moi, malgré tous mes efforts, je n'ai jamais pu remplacer son fils mort.

Quant à mon père, il me répétait, sans ménagement : « Quand tu es née, je ne t'aimais pas, je t'ai aimée parce que tu es la plus intelligente de tous. » C'est dire que chez moi, l'amour parental se méritait !

Ma faute originelle constituait un crime impardonnable pour ma mère : par ma naissance, j'avais tué une deuxième fois son fils adoré. Sa douleur était devenue mienne au point que j'affirmais, dès l'âge de seize ans, que je n'aurais jamais d'enfant, car s'il mourait, je deviendrais folle !

Ma Faute de Naissance était irrémédiable.

Rien de tout ce que j'ai accompli dans ma vie, ni ma volonté de fer, ni mon désir éperdu pour égaliser, voire surpasser, le fils mer-veil-leux – mon rival inconscient et imbattable – n'a pu réconforter ma mère, ni m'accorder une place légitime dans la vie.

Ma naissance sans pénis n'était pas, pourtant, une provocation, pas plus que le titre de mon livre.

J'avais à peine onze ans et déjà, avec le sérieux et l'arrogance d'un général de l'armée, avant même que le nom de Khomeiny ne fût encore évoqué dans les journaux, je méprisais l'insouciance et l'ignorance de ma mère, son manque d'intérêt pour les événements politiques, sa lassitude, sa façon de s'affaler des heures sur le canapé, alors que le destin du pays était en jeu. La petite orgueilleuse que j'étais faisait de ses après-midi austères autant de victoires. À l'époque, il n'y avait pas eu encore de grandes manifestations contre le Chah, mais mon père, vieux loup politique désabusé, prédisait déjà des années sombres. J'étais contre ce qu'on appelait « la révolution » et surtout contre le départ du Chah, car mon père et moi pensions que la monarchie pouvait être réformée. Je n'ai jamais crié « À bas le Chah ! » et plus tard, à l'école, après l'instauration du régime islamique, je n'ai jamais crié « À bas l'Amérique ! » et « À bas Israël ! ». Je gardais la bouche fermée comme une huître.

Sans avoir jamais été communiste, mon père était un anticlérical absolu, contre l'intervention de la religion dans l'organisation sociale et politique. Il reprochait justement au Chah sa faiblesse face aux intégristes religieux. Que chacun garde sa foi et ses croyances pour soi. Il fallait, selon lui, interdire toute forme de prosélytisme religieux. Plus les lois, la politique et la justice sont loin de la divinité et du sacré, mieux elles se portent, me répétait-il. Dès l'arrivée de Khomeiny, lors de mes douze ans, je distribuais des tracts devant mon collège, assistais aux débats dans des groupes politiques, lisais et faisais semblant de comprendre Karl

Marx et Max Weber, répétais les analyses de mon père à propos de tel ou tel événement politique. Je rassemblais mes camarades et me lançais dans des discours et tirades qui me faisaient regarder comme un singe savant. J'allais désormais moi-même dans la chambre de mon père avant qu'il ne m'appelle, pour lire les journaux, pour nous deux – de toute façon les programmes pour les enfants et les adolescents n'existaient plus à la télé et sur les deux seules chaînes qui existaient à l'époque, il n'y avait que des sourates du Coran, la prière du vendredi et la logorrhée des ayatollahs. J'avais l'impression, en lisant les articles, que moi et mon père étions en première ligne face à cette révolution qui allait très mal finir et assombrir les années à venir.

Donc, avant les années de jeunesse, avant Khomeiny et son maudit régime, ce sont les après-midi de mon enfance, les années qui ont précédé la révolution qui m'ont liée intimement et douloureusement à la politique. La suite ne pouvait être que catastrophique. Mon père fut emprisonné quelques mois après l'instauration du régime islamique, et un an plus tard, j'ai fait l'expérience du cachot à mon tour. Mes deux amies les plus proches furent exécutées.

Depuis très longtemps, je rêve en français, même lorsque je fais des voyages nocturnes en Iran où je retrouve amis et famille que je n'ai pas vus depuis des décennies. Je fais un rêve récurrent : la cérémonie de remise de la Légion d'honneur à mon père au palais de l'Élysée !

Mon père n'avait jamais mis les pieds en France avant sa mort. Durant mes années de psychanalyse, je rêvais souvent que mon père était à Paris et me parlait en français, alors que de son vivant, il n'en avait aucune notion, ce qui ne l'empêchait pas de porter la langue française aux nues, non grâce à la popularité de Napoléon ou de Victor Hugo en Iran, mais tout simplement parce que mon grand-père, le grand Pacha Khan, avait été scolarisé, comme l'élite de l'époque, dans la première école française en Iran, à Tabriz, en Azerbaïdjan. La légende disait qu'il parlait un *pârissli* parfait (prononciation du parisien en turc azéri). Le parfait *pârissli* de mon grand-père, le grand Pacha Khan, était la fierté de mon père, qui n'avait pas connu son propre père.

Dans mon rêve, je tiens le journal où figure, en grand format, la photo d'identité que j'ai de mon père, revêtu d'un costume impeccable, sur le perron de l'Élysée ! Je lis l'article annonçant qu'on a remis la Légion d'honneur à Pacha Khan Jeunesprit ! Ce qui me stupéfie n'est pas de le retrouver vivant sur le perron de l'Élysée, trois décennies après sa mort, ni qu'on lui remette la Légion d'honneur, ni encore qu'il porte un nom français, mais que personne ne m'ait prévenue ! Je suis indignée, scandalisée : personne ne lui a dit que sa fille était devenue écrivain ! Il ne sait même pas que je vis en France.

De son vivant nous nous sommes ratés, mon père et moi, et cela continue dans mes rêves.

Jeunesprit était le seul mot français que je connaissais avant d'arriver en France car on disait depuis toujours, bien avant ma naissance, que mon grand-père francophone était un Jeunesprit. En 1926 ou 1927, à l'époque de Reza Chah, lorsque les Iraniens commençaient pour la première fois à avoir un acte de naissance, mon père, qui s'appelait Pacha Khan, comme son père, avait choisi comme nom de famille le surnom de son père : Jeunesprit.

Mais ce nom lui avait été refusé car ce n'était pas persan.

En 1991, quelques jours avant la mort de mon père malade, j'ai quitté l'Iran. J'ai changé de pays, de langue, j'ai vécu deux ans en Turquie, appris le turc..., je pensais aller en Allemagne, commençais à apprendre l'allemand, mais suis venue en France et j'ai troqué l'allemand contre le français. Je me suis inventé des vies, des identités ; j'ai affirmé, écrit *Je ne suis pas celle que je suis*. J'ai tenté d'échapper à mon destin. Je me suis révoltée contre ma naissance, contre la tyrannie de mon père, contre mon histoire et les falsifications de l'Histoire, mais malgré trente ans d'exil, malgré ma seule carte d'identité et mon seul passeport, malgré quatorze livres publiés en français, je suis rattrapée et remise à ma place par l'Histoire et par les autres. J'ai croisé, il y a quelques mois, à Paris, un copain écrivain. Nous ne nous étions pas vus depuis trois ans, il cherchait mon prénom et s'écria : « Oui, oui, je sais, tu es l'écrivain iranienne ! » Ça n'a l'air de rien, mais ça fait son effet ! Je ne suis française ni par le sang ni par le sol, mais je croyais, espérais, vainement, que je l'étais devenue par la langue. Même pas. Je suis française seulement par un décret de naturalisation qu'une Marine Le Pen, le moment venu, peut me retirer pour me réexpédier au pays des mollahs en échange de barils de pétrole gratuits.

Dans le domaine du pire, la vie m'a appris que rien n'est impossible.

« Rien n'était moins probable qu'un exil en France, rien ne me destinait à une vie française. Dans mes fantasmes des après-midi moites d'été, à Téhéran, adolescente, lorsque je lisais les sagas d'Alexandre Dumas, les romans de Victor Hugo, de Balzac, de Tolstoï, de Dostoïevski... traduits en persan, un élan de folie, nourri par des heures de lecture, m'emportait : un jour, moi aussi, je serais écrivain et mes livres seraient traduits et lus dans les pays étrangers. Même dans mes rêves les plus osés, j'étais à mille lieues de m'imaginer écrivain de langue française. La vie et le hasard en ont décidé ainsi. Moi, je n'ai fait que me laisser guider par l'instinct. Je me souviendrai toujours de la nuit où, en 1993, à peine arrivée à Paris, sur le Pont-Neuf, enthousiaste, je m'écriai en persan : "Je serai écrivain en français." "Apprends déjà à parler, pour les livres, on verra après", répliqua du tac au tac ma voix intérieure, toujours un peu moqueuse. » (*Je ne suis pas celle que je suis*, 2011.)

Alors que j'aurais pu m'installer aux États-Unis il y a vingt ans, j'ai décidé de rester en

France pour accomplir ce rêve impossible : devenir écrivain français, devenir Jeunesprit comme mon grand-père. Et me voilà, vingt-sept ans et quatorze livres plus tard, « écrivain iranienne ». Et pour tous ceux qui ne m'ont pas lue et entendent une intonation étrangère dans ma voix, surtout dans cette petite ville, où j'ai désormais élu domicile, et qui me questionnent, tout de go, sur mes origines, je suis une immigrée de trop ! Si nul n'échappe à sa première nationalité, à son destin géographique ; si je suis et resterai à vos yeux « écrivain iranienne », j'interdis à quiconque de définir cette identité à ma place, surtout aux belles âmes de gauche qui mettent tous les immigrés et exilés dans la marmite des pauvres opprimés. Je ne suis pas le produit d'un pays ou d'une culture, encore moins d'une religion. Je suis, j'espère, une âme indomptable.

Bien que j'aie fait du français la langue de ma patrie, je ne fais pas partie de ce monde littéraire parisien qui, de Saint-Germain-des-Prés à Saint-Germain-des-Prés, en passant par la place de l'Odéon et la rue Gaston-Gallimard, se retrouve au Café de Flore, pour discuter romans et rentrée littéraire, faire la pluie et le beau temps et déclencher des tempêtes dans une tasse de café. Mon circuit mental et émotionnel, surtout ces derniers mois, est de quelques milliers de kilomètres plus vaste. Ma tête est ailleurs. Mon cœur aussi.

Voilà, vous connaissez à présent les raisons qui m'ont décidée à rester en France, à renoncer à ma nationalité iranienne, à franciser mon nom de famille et à devenir écrivain.

Je vais écrire en français, dont j'ai volé, à vingt-cinq ans passés, nuit après nuit, les mots, un à un, dans le Robert, les événements qui se produisent tous les jours, loin de vos regards, à des milliers de kilomètres d'ici, et qui me percent le cœur en persan.

Dans ce roman, basé sur des faits réels, je n'invente rien ou si peu. Donc pas d'imagination en délire car la réalité surpasse toute exagération surréaliste. Pas d'embellissement non plus. Et même si raconter signifie sélectionner, éliminer, choisir, peaufiner, parfois juger, et décider ici et là de rendre saillants certains détails, ce qui suit est un roman vrai, dont les personnages vous deviendront familiers.

Je veux, lecteurs, que ce livre reste à jamais dans votre mémoire.

La canicule

L'air était irrespirable. C'était la canicule en France, et il faisait quarante-deux degrés à Paris ce 25 juillet 2019. Depuis vingt-sept ans que je suis parisienne, il n'avait jamais fait si chaud. Les véhicules impairs, ou pairs, je ne sais plus, ont été interdits à la circulation ; les véhicules non immatriculés 75 également, enfin je crois. Radios, télés ne parlaient que de la canicule et des mesures à prendre. Les journaux titraient : la plus grande canicule nous menace ! Des consignes du gouvernement, du ministère de la Santé passaient en boucle sur toutes les radios et sur toutes les chaînes d'information en continu : Buvez de l'eau. Hydratez-vous. Mangez en quantité suffisante. Mouillez régulièrement votre corps. Ne faites pas d'exercice physique. Ne vous exposez pas au soleil. Fermez les volets. Restez à l'ombre. Allumez les ventilateurs… À part la canicule, plus rien n'occupait les esprits. Pour un peu, on aurait dit que les Français, femmes et hommes, jeunes et vieux, n'étaient que des enfants dont le gouvernement avait la garde. Certains s'étaient réfugiés dans les jardins, à l'ombre des arbres, d'autres dans les supermarchés, les églises, les musées, les salles de cinéma, ou sous la terre, sur les quais du métro qui étaient, normalement, le pré carré des SDF et des clochards. Femmes et hommes, jeunes et vieux, à moitié dénudés, bouteille d'eau à la main, se trouvaient nonchalamment un coin frais. Les gens se trempaient dans les fontaines, quelques audacieux s'étaient jetés à la Seine. En Espagne, en Italie, en Grèce, c'était aussi la canicule, mais en France, le gouvernement prenait la canicule très au sérieux ; des vieux y avaient laissé leur peau quelques années plus tôt.

Dans la soirée, les quais de la Seine étaient bondés de jeunes, des filles en robe légère, en short ou jupe courte et débardeur ou en maillot de bain… Je rentrais chez moi à pied, peu avant minuit, et avais décidé de passer par la place Saint-Sulpice où il n'y a jamais grand monde. Une bande de filles faisait la fête, bouteilles de bière à la main. En m'approchant, j'ai vu une fille, seins nus, fesses nues, qui faisait le tour du bassin, dans la grande fontaine, sous les jets d'eau. Ça devait être l'enterrement de sa vie de jeune fille. Ses amies la prenaient en photo, la filmaient peut-être. Elles s'amusaient joyeusement et les quelques personnes sur la place étaient enchantées par le spectacle. Je me suis arrêtée, regardant moi aussi, non sans joie, les jolies fesses nues, les seins magnifiques et la toison pubienne bien dessinée entre deux cuisses blanches, fermes et rondes. Un corps de rêve. La scène que j'avais sous les yeux avait quelque chose de paradisiaque et d'incandescent. Cette nudité insolente, sous le jet de la fontaine, dans la lumière des réverbères, défiant le regard figé et sérieux des quatre évêques, méritait le talent d'un Botticelli, d'un Goya, d'un Manet, d'un Degas ou d'un Lautrec.

Tout d'un coup, je vois l'ayatollah Khamenei, en personne, à côté de moi ! Et j'éclate de rire.

Je fais un pas de côté, laisse Khamenei, scandalisé, devant le pubis de la jeune fille, en train de descendre de la fontaine, et rentre chez moi.

Dans de telles situations, mon imagination, indépendante de ma volonté, me joue parfois des tours, en invitant mentalement les ayatollahs à la fête. Cela m'arrive, lorsque je vois des jeunes « se bécoter sur un banc public », danser le tango ou la salsa sur le quai Saint-Bernard... Mon imagination tente de me venger en imposant à la vue des ayatollahs des scènes qu'ils ne sauraient souffrir. Des scènes se moquant foutrement de leur morale intégriste qui honnit le corps des femmes et les plaisirs de la chair.

En arrivant dans l'appartement que j'occupe depuis quelques mois, temporairement, avant de quitter Paris, entourée de cartons, je me mets devant l'ordinateur. Je lis un article en persan, dans le quotidien *Keyhan* publié à Londres, sur une nouvelle vague d'arrestations – je ne sais pour quelle raison, après plus de quarante ans, on appelle toujours « nouvelles » les très récurrentes vagues d'arrestations.

YouTube, connaissant mon intérêt pour l'Iran, me conseille une vidéo. Je la regarde une fois, deux fois, trois fois, cinq fois.

Je prends une douche froide et me mets au lit. Je n'arrive pas à dormir, je me relève, reviens à mon bureau, essaie d'écrire. Rien. Je suis trop en colère pour pouvoir me concentrer. J'aurais dû aller courir, mais il fait trop chaud, je suis trop fatiguée et… je n'ai jamais su courir. Je retourne au lit, j'essaie de dormir et passe une sale nuit blanche à me bagarrer avec le drap, à ressasser la scène terrible, à me relever et à me recoucher. Je sors définitivement du lit, prends une deuxième douche et une grande tasse de café dans lequel je dilue une cuillère de miel de montagne bien épais.

Je sors à l'aube, sans destination, je me dirige vers le pont Sully, je fais le tour de l'île

Saint-Louis, et me lance sur les berges, rive droite. Les éboueurs ne sont pas encore passés, le quai est jonché de bouteilles... je marche d'un pas cadencé, sans penser, sans réfléchir, ma tête est atonique et mon corps a besoin de se libérer de ce malaise qui l'a enrobé comme une plante toxique. Paris est silencieuse et d'une beauté onirique. Au pont Alexandre-III je rebrousse chemin. Je ne sais quelle heure il est. J'ai oublié de prendre mon portable. « Le travail s'éveille », les cafés ouvrent. J'adore prendre le petit déjeuner dans un bistro, mais je n'ai pas un sou sur moi, je ne pensais pas aller si loin. Trempée de sueur, je m'arrête devant la Conciergerie. Je me sens si éreintée, si essoufflée, si désespérée de la vie, que je me laisserais, sans protester, guillotiner sous ce soleil majestueux qui commence à dominer le ciel de Paris.

Quel est vraiment mon problème ? Qu'est-ce qui ne va pas chez moi ? Pourquoi suis-je dévastée par des événements qui ne concernent en rien ma vie privée et se produisent à des milliers de kilomètres ? J'ai arraché mes racines de là-bas, et ici, en France, je n'ai pas de racines. Cela fait des années que je me le répète tous les jours, laisse tomber, change de vie, de vocation, coupe le cordon, pars, voyage, va ailleurs, fais autre chose, ce que tu veux, invente une autre vie, mais n'écris plus, plus sur l'Iran, ni sur le passé ni sur le présent, ça ne sert à rien, à rien du tout. Ça te fait mal. Et puis, les Français, le monde, s'en foutent de ce que vivent les gens là-bas, de ce que tu ressens. Pourquoi te tortures-tu ? Abandonne. Coupe. Vis ta vie. Sans racines, et alors ? On n'a pas besoin de racines tous les jours. Oui. Je le sais. J'ai fait le tour du monde avec un sac à dos, j'ai fait des choses qu'une fille éduquée et scolarisée dans un pays islamisé ne devait pas faire. J'ai transgressé foutrement les règles de la morale islamique, mais je suis rattrapée, à mon corps défendant, encore et encore, par mes premières vingt-quatre années en Iran. Et puis, où que j'aille, ces lancinants : « Vous êtes de quelle origine ? Ça ne vous manque pas vos racines ? Vous retournez dans votre pays… ? » me ramènent au point de départ. Oui, je retourne plusieurs fois par jour dans mon pays natal. J'y suis condamnée. Je vis en France mais passe mes journées en Iran. C'est ça être exilé. Je suis une exilée. L'exil se fait entendre dans les mots qui sortent de ma bouche. L'exil est cet accent qui me dénonce à tous : elle n'est pas d'ici. L'exil, c'est troquer sa langue maternelle contre une langue qui vous refuse la quintessence de sa poésie. Cela fait des années que je n'ai plus de langue maternelle, ou alors j'ai une langue maternelle dans laquelle j'ai un accent, une intonation étrangère, une langue dans laquelle il m'arrive encore de faire des fautes de genre, d'hésiter, sous le coup d'une émotion, sur le caractère transitif ou intransitif d'un verbe... Une langue totalement acquise qui, comme toute chose acquise, peut se perdre, comme la vie elle-même. L'exil est ce sentiment de précarité absolue. L'exil est ce sentiment de l'insécurité absolue : ni votre langue ni votre nationalité ne sont à vous ; et votre accent, comme la crainte de faire une faute de langue, vous le rappelle à chaque instant, et le rappelle aussi aux autres : elle n'est pas d'ici. L'exil, c'est ne plus appartenir à aucun monde, à aucun peuple, à aucune langue. L'exil c'est cette lancinante question qu'on vous jette à la figure dès qu'on entend votre accent : « Vous êtes d'où ? » Eh bien, de nulle part. Je suis de nulle part. Je suis un corps exilé, flottant, ballotté par la violence. J'ai la douleur des amputés. Mon corps tout entier est un corps fantôme.

Je me révolte, pour la millième fois, contre moi-même, me reproche violemment, après une nuit blanche, au centre de Paris, sur le quai, d'être absente à ma vie, au jour qui s'écoule, à la réalité qui m'entoure. Face à la Conciergerie, je fais mon procès. Je m'accuse de me laisser délibérément opprimer encore et toujours par ce pays que j'ai quitté. Je suis dans l'impossibilité de vivre dans le présent car il charrie tant d'événements, tant de nostalgies, tant de sentiments confus et contradictoires, tant de mensonges et de falsifications, tant de subterfuges, tant de vies mortes en moi que je ne sais démêler, parfois, le présent du passé, la réalité physique qui m'entoure des images mentales qui me torturent. Je ne sais m'arracher à mon passé, à mon pays de naissance, à ce sentiment d'identification aux malheurs des Iraniens qui empoisonne ma vie. Moi qui voulais tant devenir française, je me casse la gueule chaque fois que l'Iran me fait un croche-pied : mon identité française éclate en morceaux. Je suis devenue une étrangère à moi-même. Ma mémoire trimbale les cadavres de toutes celles que j'ai été, de toutes celles avec lesquelles je n'ai jamais fait la paix. Ma mémoire trimbale cette jeune femme de vingt-six ans, déterminée, qui, pour rompre avec tout ce qui avait fait d'elle une Iranienne, s'est tailladé les veines jusqu'à l'os, se vidant de son sang, le sang de ses géniteurs. J'ai du sang français dans mes veines ! Je suis revenue à la vie grâce à une transfusion sanguine. Je n'ai plus ma nationalité d'origine, plus de passeport iranien. Je suis française mais cette seconde naissance était, comme la première, une erreur de casting. Mon accent étranger ne colle pas à ma renaissance française, ma mémoire persane non plus. Je suis re-née exilée. J'aime la France d'un amour infini, mais mon cœur reste empli de mon pays natal, du pays de mes souffrances. Le pays de mes blessures originaires. Je pourrais chanter avec Barbara : « … parmi tous les souvenirs, ceux de l'enfance sont les pires, ceux de l'enfance nous déchirent… » Mes blessures sont persanes. Le cœur d'un mortel ne change pas, la poésie nous l'a confirmé ; il peut cumuler amours et blessures, mais il ne change pas.

J'arrive chez moi totalement essoufflée, assoiffée, j'ouvre le robinet, et sans attendre, je remplis un verre d'eau et le bois. Elle est tiède. Je laisse couler l'eau et bois un deuxième verre. Je me déshabille et vais sous la douche, y reste un long moment. Je me refais un café, j'écoute sur YouTube les chansons *Mon enfance*, *Nantes* et *Soleil noir* de Barbara et mange des tartines beurrées en pleurant. Je pleure tout mon soûl et je m'endors je ne sais à quelle heure, mais lorsque je me réveille, le temps est orageux et j'ai mal au crâne.

À Téhéran aussi, c'était la canicule même si le mot n'existe pas en persan malgré les quarante-cinq degrés qu'il y faisait. À cause de la très grande pollution, l'air y est irrespirable. Les gens restent enfermés chez eux. Surtout les femmes. Sous le pantalon, le manteau et le foulard, le corps devient un lourd fardeau par grande chaleur.

Azita regrette d'avoir fixé son rendez-vous à l'extérieur. Elle est médecin généraliste et travaille dans une clinique. Elle vit depuis un an avec son copain sans être mariée. Ce qui est appelé en persan *Ezdevagé séfid*, littéralement, mariage blanc : l'opposé total de la version occidentale. Un faux document de mariage, obtenu par un notaire, en échange de quelques billets, permet aux jeunes qui ne sont pas mariés de pouvoir louer ensemble un appartement et de vivre leur amour sous le même toit. Ce mariage blanc de deux Iraniens est une faute pénale dans ce pays où nul ne doit s'accoupler sans le blanc-seing des mollahs. Il est également tabou et honni par beaucoup de parents qui rêvent d'un mariage comme il faut pour leur fils et surtout pour leur fille qui ne trouverait plus un vrai mari en se donnant gratuitement à son amoureux. C'est dire que cette transgression, bien que connue de tous, est gardée secrète par le couple qui la commet. Les parents d'Azita vivent au sud de l'Iran et pensent que leur fille partage un appartement avec une collègue. Ses parents ne sont ni traditionnels ni religieux mais ils n'accepteront jamais de renoncer à l'avenir qu'ils prévoient pour leur fille ; la libido des enfants, même à trente ans passés, reste l'affaire des parents, y compris dans des familles éduquées, modernes et occidentalisées. Et la libido d'une fille est l'affaire de tous, père, mère, frères, cousins, famille, voisins, et surtout de l'État : premier actionnaire du corps des femmes, pour user du langage économique.

Azita rentre toujours à pied après son travail. En taxi ou en bus, ce serait plus lent à cause des bouchons monstrueux. Elle a la chance de pouvoir raccourcir son trajet en traversant le parc Laleh. Son jules, Armand, est psychiatre et vient d'ouvrir son cabinet privé. Le couple ne fréquente ensemble que les amis qui sont au courant de leur vie commune. Ce soir-là, ils étaient invités à une exposition de peinture de la femme d'un des collègues d'Armand, et ils devaient se retrouver devant la grande fontaine du parc pour y aller. Elle est assise sur un banc, à l'ombre d'un arbre et attend Armand qui est en retard.

Quelques adolescentes de quatorze-quinze ans jouent joyeusement. Elles remplissent d'eau leurs petits pistolets en plastique et se lancent des jets d'eau, courent autour de la fontaine, rient aux éclats. Azita remarque un homme d'une quarantaine d'années qui les regarde d'un œil sévère. Elle le soupçonne, mais se dit que c'est dans sa tête et que de toute façon, ni elle ni les adolescentes ne font rien d'interdit. Elle pense quand même qu'elle pourrait avertir les adolescentes et leur conseiller de rire moins fort, mais se ravise et décide de ne pas gâcher leur joie.

En moins d'une minute, deux agents surgissent sur la place. Les adolescentes se sauvent, même si leur tenue islamique était irréprochable. Elles portaient pantalon, manteau et le voile sur la tête. L'homme en civil qui les regardait d'un œil accusateur attrape l'une d'elles par le bras, celle qui est ronde et qui a un corps de femme pour une adolescente. Azita et toutes les autres jeunes femmes rajustent instantanément et automatiquement leur voile, s'assurant qu'aucune mèche de cheveux n'en dépasse. Accablée, elle se demande si elle devrait changer de place, car si Armand l'approchait, ils pourraient également être interrogés sur leurs liens, arrêtés et embarqués. Elle s'en veut de n'avoir pas prévenu les gamines.

Les deux agents en tenue officielle, qui doivent avoir dans les vingt-cinq ans, s'approchent de celui en civil, plus âgé, qui a attrapé l'adolescente.

— Tu n'as pas de pudeur pour te donner en spectacle comme ça dans un lieu public ?

— Qu'est-ce que j'ai fait ? Lâchez-moi.

— Tu te donnes en spectacle en jouant avec l'eau et en attirant les regards.

— Je ne fais rien de mal !

— Avance ! Avance ! lui ordonne-t-il, en la tirant par le bras.

— Depuis quand l'eau est interdite ? dit l'adolescente, qui refuse d'avancer.

— Regarde-toi, ton voile est mouillé, ton manteau est mouillé, même ton pantalon est mouillé, t'as pas honte ?

— Et alors ? Quand il pleut aussi les gens sont mouillés dans la rue. Vous allez interdire à la pluie de tomber sur la tête et le corps des femmes ? lui rétorque l'adolescente de quinze ans, en ajoutant : Lâche-moi, ne me touche pas.

— Tu n'as pas le droit de te donner en spectacle dans un lieu public ! crie-t-il, en enfonçant ses doigts dans la chair de l'avant-bras de l'adolescente.

— Vous êtes obsédé par le spectacle mais il n'y a pas eu de spectacle ! Selon quelle loi toucher l'eau est devenu aussi interdit aux femmes ?

Il la gifle violemment.

— Tais-toi, *bi haya !* Sans pudeur ! Baisse la tête. Ferme ta gueule. Avance. Avance, je te dis.

— Je ne vais nulle part, je n'ai rien fait. Lâche-moi, lâche-moi ! crie-t-elle aussi en se débattant.

Les deux agents officiels et armés surveillent les gens. Beaucoup se sont éloignés et tous ceux qui, dans les allées convergeant vers la place, aperçoivent, de loin, les agents, changent de direction. Quelques-uns se demandent s'ils devraient intervenir. Chacun attend que quelqu'un fasse le premier geste pour secourir l'adolescente. Azita se demande elle aussi si, en présentant sa carte de médecin, elle pourrait intervenir auprès des deux agents en uniforme et leur demander de pardonner, cette fois-ci, l'adolescente. Nul ne sait s'il y a d'autres agents civils armés sur place ou pas. Les uns et les autres demeurent prudents et passifs face à cette scène qui leur paraît scandaleuse. Chacun attend que quelqu'un intervienne en premier.

— Avance, je te dis, avance, saleté de femme.

— Je ne vais nulle part.

Il la pousse fort. Elle tombe par terre. Avant qu'elle n'ait le temps de se relever, elle reçoit deux coups de pied dans les côtes.

Il lui faut cinq secondes pour reprendre son souffle. Elle hurle. Elle pleure. Elle l'insulte :

— Saleté de merde.

Son voile a glissé et laisse échapper des mèches de cheveux. Il prend l'adolescente, elle se débat, crie. Il la fait avancer de force vers la voiture.

Ça se passe rapidement, violemment. Plusieurs personnes filment la scène. L'adolescente est fourrée, à coups de pied, dans la voiture et embarquée nul ne sait où, sous le regard des gens apeurés et interdits. Accablée, Azita se reproche son manque de courage, mais se dit que ça n'aurait servi à rien et qu'elle se serait fait tabasser et embarquer. Après le départ de la voiture, les gens restés sur place échangent des regards honteux et accusateurs. Quand Armand arrive, elle détourne la tête, code convenu entre eux pour prévenir l'autre que la situation est dangereuse. Elle a peur qu'il y ait d'autres agents en civil dans le parc. Armand marche à deux mètres derrière Azita et elle ne lui raconte la scène que lorsqu'ils arrivent chez leurs amis.

La vidéo de la scène, envoyée aux chaînes iraniennes, basées à Londres et aux USA et très regardées en Iran, sera diffusée, également, dès le lendemain, sur Internet.

Un profond sentiment de colère impuissante et avilissante s'était emparé de moi en regardant la scène plusieurs fois la nuit, sur le conseil de YouTube qui connaît mes goûts, mes intérêts et mes névroses mieux que moi. La colère mais aussi la honte d'appartenir à une nation qui accepte, depuis plus de quarante ans, quotidiennement, de telles soumissions, de telles humiliations. La honte de m'avouer que si j'avais été à la place d'Azita, je n'aurais, très probablement, voire sûrement, rien fait pour sauver l'adolescente. La honte de m'avouer que j'étais devenue lâche moi aussi après mon bref emprisonnement à treize ans. La honte de m'avouer que malgré ma grande gueule ici, à Paris, là-bas, au pays des ayatollahs, je m'étais tue, soumise aux lois et aux règles les plus abjectes ; même si je les transgressais clandestinement, comme beaucoup de jeunes, mais publiquement, je me soumettais. La honte de m'avouer que moi aussi, j'aurais détourné le regard, j'aurais changé de direction pour sauver ma peau. La honte d'avoir collaboré à un système qui écrase la dignité humaine. Oui, je l'avoue, si j'avais été sur place, cet après-midi-là, face à la fontaine, je ne serais pas intervenue. Je n'aurais rien tenté, j'en aurais souffert, je m'en serais blâmée, je m'en serais sentie coupable, j'aurais somatisé, mais je n'aurais pas risqué ma peau. C'est cette vérité-là qui me fait mal, qui me serre la gorge, qui me fait couler des larmes de honte, c'est cette vérité-là qui me fait fuir la diaspora iranienne depuis que j'ai quitté l'Iran : cette lâcheté commune. Cette honte commune. Cette soumission commune. Cette collaboration passive commune. Et c'est à cause de cette lâcheté partagée dont j'ai été coupable, tout autant que mes compatriotes, que j'ai un profond malaise à avouer que je suis iranienne chaque fois que je suis interrogée, à cause de mon accent, sur mes origines.

Quand j'ai lu, il y a des années, les discours et les théories d'Hannah Arendt sur le système totalitaire, je les ai reconnus, je les connaissais déjà par corps, par tête, par cœur.

Le totalitarisme, hélas, ça ne s'apprend pas dans les livres. C'est pourquoi hier encore, en Occident, beaucoup défendaient le communisme et les communistes, malgré les cent millions de morts au Goulag, et aujourd'hui, ce qu'on appelle, dans un jargon dépourvu de sens, « l'islamisme modéré ». Les humains seraient-ils attirés par la tentation du pire ? Quoi qu'il en soit, quarante ans de répression, d'arrestations, d'exécutions, d'assassinats, quarante ans de torture, de terreur, mais aussi d'humiliations quotidiennes et publiques, ont créé une société de méfiance, de violence, de délation aussi, puisque, dès l'instauration du régime islamique, Khomeiny encourageait les bons musulmans à espionner et à dénoncer leurs voisins s'ils ne respectaient pas les règles islamiques, s'ils écoutaient de la musique, chantaient, dansaient, buvaient de l'alcool. C'était la responsabilité de tout voisin de surveiller ses voisins. La peur d'être dénoncé, arrêté, pour ce que vous aviez fait ou pour ce que quelqu'un soupçonnait que vous aviez fait, dirigeait et dirige encore la vie de chacun. La peur est partout, dans toute chose, légale ou illégale. Mon voisin, mon camarade de lycée ou d'université... m'inspire la peur et je lui fais peur, la peur ressentie par tous vis-à-vis de tous est la clé du succès du régime totalitaire.

L'islam politique est le pire système totalitaire car il n'écrase pas seulement une « race », une catégorie humaine, ou seulement les femmes, non, il écrase l'humain. L'islam politique, avant tout, c'est la banalité de la barbarie quotidienne. Et cette barbarie, hélas, à la différence du nazisme, ou du communisme, peut se donner une apparence avenante et pieuse, pour gagner les esprits et les territoires. L'art et la culture, pas plus que la civilisation ou la religion, n'empêchent la barbarie.

Le totalitarisme islamique, comme le mal aux dents, n'est connu vraiment que de ceux qui en ont fait la douloureuse expérience.

Dès qu'elle est jetée dans la voiture, la jeune adolescente les supplie en pleurant.

— Pardon, pardon, je ne le ferai plus. Laissez-moi partir.

— Maintenant tu deviens docile, je te ferai avaler ta merde et tu comprendras ce que c'est que la désobéissance, lui rétorque l'homme en civil, alors que les deux agents en uniforme sont toujours silencieux.

Il s'assied sur la banquette arrière à côté d'elle. Il écarte les jambes, suffisamment pour coller sa cuisse contre celle de la jeune fille et touche avec son avant-bras son sein plantureux.

Elle se déplace à droite, vers la portière.

Il s'étale, écarte encore un peu plus ses jambes et colle à nouveau sa cuisse contre celle de l'adolescente et son avant-bras sur son sein.

Ces attouchements lui sont plus insupportables et plus humiliants que les coups qu'elle a reçus. Elle crie, en sanglots :

— Pourquoi vous vous collez à moi, alors ?

— Qu'est-ce que tu dis, espèce de saleté ? crie-t-il en enfonçant son coude violemment dans le sein de l'adolescente.

Les deux jeunes agents en tenue officielle, l'un au volant et l'autre assis devant, se sentent mal à l'aise, sans oser rien dire. Ils échangent un regard qui n'échappe pas à leur supérieur.

L'adolescente se recroqueville sur elle-même.

Elle est amenée au poste. Une femme en tchador la tripote en fouillant son corps, puis la jette dans une cellule où une autre fille croupit à même le sol. L'adolescente hoquette en pleurant. L'autre détenue, d'une trentaine d'années, essaie de la consoler :

— N'aie pas peur. Une fois arrivée ici, il ne t'arrivera rien de grave. Ils vont prévenir tes parents. Pourquoi ils t'ont arrêtée ?

— Je jouais avec l'eau, dit-elle en pleurant comme un enfant.

— Seulement pour ça ?

— Oui.

— Ils t'ont déjà interrogée ?

— Non.

— Bon, ils vont le faire et après ils convoqueront tes parents. Ne t'inquiète pas, le pire est passé. Tu as eu de la chance qu'ils t'aient amenée ici.

Elle s'assied par terre, prend ses genoux dans sa poitrine et les entoure de ses bras. Elle pleure sans faire de bruit, essuyant discrètement sa morve sur sa manche. Au bout de quelques minutes, les larmes de l'adolescente cessent de couler, sa morve aussi. Elle fixe le coin de la cellule. Les détails de ce jour où, à six ans, lors d'un pique-nique, elle avait failli se noyer dans la rivière, s'égrènent avec précision devant ses yeux qui s'écarquillent dans la pénombre. Ce jour-là, son père était entré dans la rivière, avec ses bottes en caoutchouc et l'avait pêchée de ses mains fortes et rassurantes. Elle est si nette cette image, si précise. Tout d'un coup, elle brise le silence de la cellule avec son sanglot. Elle a peur, plus encore que lorsque, petite gamine, elle s'était cru se noyer dans la rivière. Elle se reproche son imprudence, sa joie enfantine qu'elle n'a jamais su réprimer, et voilà où l'amène la joie ! Elle se sent salie à jamais.

Ses parents, prévenus par ses copines, avaient fait le tour de plusieurs commissariats à la recherche de leur fille et l'attendaient depuis trois heures dans la salle d'attente. Ils avaient apporté l'acte de propriété de leur appartement comme gage pour libérer leur fille. En cas de récidive, selon le document qu'ils avaient signé, leur appartement serait saisi.

Une femme en tchador fait sortir l'adolescente de la cellule et lui fait signer un document attestant qu'elle n'aura plus jamais un comportement anti-islamique.

Lorsqu'elle voit enfin ses parents, si elle est soulagée, elle n'est pas réconfortée. Dans la voiture, sur le chemin de retour, sa mère la réprimande : « On te dit toujours de faire attention, de ne pas attirer l'attention, d'être prudente, et voilà ce que tu nous fais vivre. J'ai cru mourir d'inquiétude. Tu ne sortiras plus jamais de la maison. Plus jamais. »

La tête contre la vitre, l'adolescente s'endort de fatigue.

Ispahan, ville des roses brûlées

Ispahan, où Omar Khayamm, mathématicien, astronome, philosophe et poète, avait fait bâtir, au XIe siècle, sous la dynastie des Seldjoukides, un des premiers observatoires au monde, n'a jamais si mal porté son surnom : *Nesf-é-Djahan*, littéralement « moitié de l'Univers ». Ville légendaire des récits mythologiques et philosophiques persans, éblouissante autrefois, capitale de Chah Abbas, elle a beaucoup perdu de son éclat. La somptueuse *Naghch-é-Djahan*, « face de l'Univers », une des plus immenses places au monde, entourée des chefs-d'œuvre de l'architecture safavide, classés au Patrimoine culturel de l'humanité, où affluaient les plus grands savants, artistes, architectes, miniaturistes, céramistes, artisans, poètes, musiciens... est baptisée, n'en déplaise à Dieu, place de l'Imam-Khomeiny, et foulée, depuis quarante ans, par des épouvantails en tchador et des barbus enturbannés. Quelques millénaires de royaumes et de dynasties, de culture, d'arts et de raffinement sont placés sous l'étendard des turbans. Noirs et blancs. La splendide mosquée du Chah, bâtie au XVIIe siècle, elle aussi est devenue, sans chichi, la mosquée de l'Imam-Khomeiny.

Zayandeh roud, « Rivière qui donne naissance », a agonisé sur place. Les cailloux et la terre craquelée la pleurent sous le soleil d'été. Cette rivière de toujours ne coule plus sous les arches du pont Khajou et de *Si-o-Se Pol.* Elle est morte à Ispahan par la cruauté des imbéciles alors qu'elle avait abreuvé, depuis plus de quarante mille ans, les premiers Homo sapiens et même les Néandertal.

Autrefois une des villes les mieux irriguées, elle était entourée de quatre immenses jardins, *Chahar Bagh*, et répandait la senteur enivrante de ses roses sur la route de la soie qui traversait la contrée. Les arbres, dénudés, sans feuilles et sans fruits, sont assoiffés aujourd'hui comme les roses sans pétales.

Dans la magnifique salle de musique du palais d'Ali Qapou, d'une folle originalité architecturale et d'une qualité acoustique jamais égalée, où, depuis des siècles, étaient célébrés *Tar o Setar*, *Ney o Tombak*, *Kamânché o Santur* et les chants des amoureux du vin, on n'entend plus, depuis quarante ans, que les vociférations d'Allah o Akbar.

« Ispahan et ses chefs-d'œuvre architecturaux, ses ponts et ses monuments ne valent pas un seul cheveu de l'Imam Khomeiny », c'est l'imam d'Ispahan qui le dit face à un auditoire d'enfants et d'adolescents.

À mon avis, même l'acier d'Ispahan ne doit pas faire le poids d'un seul cheveu de Khomeiny ! Que-dis-je ? *Astaqforallah*, même Dieu ne saurait traduire ce mot, n'en déplaise à Dieu ! Trêve de plaisanterie ! Un peu de respect. Écoutons l'imam en chef d'Ispahan, dont la voix diffusée par haut-parleur retentit au-dessus de la place Naghch é Djahan :

« L'Iran tout entier ne vaut rien si un seul cheveu de l'Imam Khomeiny devait être souillé… »

Qu'on comprenne bien : un seul cheveu de la tête chauve de l'imam Khomeiny, mort et enterré en 1989, à six pieds sous terre, sans cercueil, enveloppé d'un simple linceul, inhumé à même la terre, dévoré, depuis des lustres, par les vermines, vaut plus que l'Iran et sa civilisation millénaire, sa culture, son Ferdowsi et son *Shâh-Nâmeh*, ses poètes inégalés, ses déserts et ses montagnes, ses richesses naturelles, son or et son diamant, ses émeraudes et ses saphirs, ses tapis et ses pistaches, son pétrole et son gaz, et, dérisoirement, vraiment dérisoirement, la vie misérable de ses quatre-vingt-cinq millions d'habitants.

« L'Iran tout entier ne vaut pas un seul souffle de notre *Hazrat* Imam Khomeiny. » La voix juvénile de l'auditoire s'élève : « À bas l'Amérique ! » « À bas Israël ! » Encore une fois, plus fervente, avec une haine aiguisée : « À bas Israël », puisque le judaïsme, après le zoroastrisme, des siècles avant l'islam, était la religion bien ancrée à Ispahan, et ça, les mollahs ne peuvent le souffrir.

« Bientôt notre cher islam triomphera sur la terre des mécréants. Pour atteindre le Paradis, pour rejoindre l'Imam Khomeiny, pour voir l'Imam caché, il faut faire éclater votre corps en mille morceaux... Vous devez faire éclater votre corps en martyr », prophétise l'imam du vendredi. La vision apocalyptique semble particulièrement l'exciter. Il bave. L'écume blanche à la commissure des lèvres coule sur sa barbe « Les petits morceaux de vos corps couvriront la terre entière. »

Poings levés, d'une seule voix, les enfants crient : « Allah o Akbar. À bas... »

Sous les arches du pont Khajou, à l'abri de la logorrhée de l'imam d'Ispahan, les jeunes des quartiers huppés de la ville, sans se soucier des adolescents des quartiers pauvres endoctrinés, chantent les chansons d'antan, s'amusent, draguent comme ce n'est pas permis, puisque chanter, draguer, s'amuser déshonore la mémoire de Khomeiny et sont donc interdits. C'est un argument que les islamistes crachent trente ans après la fin de la guerre Iran-Irak, à la figure des jeunes lorsqu'ils sont arrêtés : *Ma chahid dadim !* Nous avons eu des martyrs. Et alors ? Quel rapport ? Comme si en France ou même dans tout l'Occident, chanter, rire, danser devenaient interdit à cause de trente millions de morts durant la Seconde Guerre mondiale. Cela fait quarante ans que la joie est interdite dans ce pays, quarante ans que je tente de comprendre leur ardeur pour le deuil, pour la haine de la vie.

Au feu rouge, dans sa voiture blindée, assis à l'arrière, l'imam voit une jeune femme mal voilée au volant de la voiture d'à côté. Il baisse la vitre et crie : « Cache tes cheveux correctement, saleté de femme ! » Avant que le feu ne passe au vert, la « saleté de femme », pied sur l'accélérateur, insulte l'imam : « Saleté de mollah ! » et fonce.

Certaines mœurs naissent dans le cerveau comme des parasites sur la peau, elles envahissent et pourrissent l'esprit et la vie de tout un peuple.

Dès qu'un bout de cheveu dépasse de ton voile, le regard des hommes d'Allah, accusateur, te fouille méticuleusement et te pénètre jusqu'à l'os, te déshonore et te jette l'opprobre à la figure ; dès qu'un agent de la morale islamique t'interpelle, en une fraction de seconde, tu deviens une « saleté de femme » qui déshonore la mémoire des martyrs de l'islam. Depuis l'obligation du port du voile, chaque année, à peu près, entre trois et quatre millions de femmes sont arrêtées dans les rues d'Iran à cause de leur *bad hijabi,* de leur mauvais hijab, et depuis #MeToo, les mollahs, les ayatollahs, les imams et leurs agents, ont eu l'idée d'ajouter « l'incitation au viol » à leur chef d'accusation. Les mèches de cheveux qui dépassent du foulard ébranleraient à la fois les fondements du régime islamique et la vertu des hommes d'Allah en les incitant non au harcèlement sexuel, non à l'agression sexuelle, mais directement au viol. Sachez, mesdames, que courir, rire, chanter, danser, ne pas porter ou mal porter le voile… incite les hommes au viol.

Rares sont les femmes qui n'ont jamais été interpellées, humiliées, insultées, interrogées, menacées, violentées, agressées ou arrêtées dans la rue ou chez elles dans les fêtes privées entre amis et familles. Négar en fait partie. Ni grande ni petite, ni grosse ni maigre, ni belle ni laide, elle ne se fait jamais remarquer. Elle ne s'est jamais fait arrêter. Très discrète, elle se maquille peu ou pas du tout, porte toujours des foulards sobres pour ne pas attirer l'attention, et à part son père ou son grand-père, elle ne se fait jamais accompagner d'un homme, ni dans la rue, ni dans sa voiture, ni dans son travail. Son métier est interdit aux hommes.

Ce matin-là, Négar est penchée en avant, les deux bras retroussés, entre les deux cuisses écartées d'une femme, pieds à l'étrier, en train d'accoucher. Bistouri à la main, elle pratique une épisiotomie. Elle a toujours voulu devenir sage-femme : donner naissance. Cette fois-ci, la mère n'est pas déçue : c'est un garçon.

Par quelle maudite éducation, par quelle maudite influence un nouveau-né si innocent, si fragile, si indigent, si inoffensif, si malléable, si dépendant se transforme-t-il en dresseur des lois islamiques ? s'interroge Négar, automatiquement, chaque fois qu'elle fait sortir un minuscule corps mâle du vagin dilaté et sanglant d'une mère. C'est un garçon, annonce-t-elle, en apostrophant aussitôt la mère – Tâchez de bien l'éduquer !

Souvent la déception se fige sur le visage des mères à l'annonce de : c'est une fille. Au moins, elle ne risque pas de devenir imam ! leur lance-t-elle, en guise de consolation.

Pourquoi les femmes se haïssent-elles tant ? Pourquoi les femmes méprisent-elles tant leur propre sexe ?

Négar habite Ispahan, ville de ses ancêtres ; avec ses parents et ses quatre grands-parents, dans une maison traditionnelle, préservée de l'époque safavide et restaurée plusieurs fois depuis. Ses parents sont cousins germains ; ils ont grandi, comme leurs propres parents, dans cette maison – où habitait la grande famille au complet. Ils se sont aimés depuis l'enfance et mariés jeunes. Ils sont l'un pour l'autre le premier et le dernier amour, comme dans les contes. Les grands-parents sont également des cousins – autrefois on se mariait beaucoup dans la famille. Les deux grands-pères, deux frères qui étaient dans le commerce des diamants et de l'or, avaient épousé leurs cousines, deux sœurs. Ils avaient la plus grande bijouterie au grand bazar, héritage de leur propre père. Ils ont légué, de leur vivant, la bijouterie aux autres enfants pour que les parents de Négar puissent acheter et préserver la demeure familiale du danger d'être vendue et transformée en tour d'immeuble. Seul Behnoud, le père de Négar, a bifurqué et quitté le commerce des pierres précieuses pour devenir ingénieur des métaux. Il travaille dans l'industrie de l'acier d'Ispahan.

Des murs hauts de quatre mètres séparent la demeure du monde extérieur. Un portail s'ouvre comme un rideau au théâtre sur un décor somptueux et féerique. Un immense jardin avec des allées tracées par les cyprès, les platanes, les saules, les acacias, les arbres fruitiers, grenadiers, noyers, pistachiers, abricotiers, cerisiers, figuiers, qui convergent vers une grande cour pavée au milieu de laquelle il y a un bassin d'eau rectangulaire, d'une couleur mélange de bleu intense de lapis et de turquoise, puis six marches, en pierre, permettant d'accéder à la terrasse – entièrement couverte de feuilles de vigne, qui encercle la bâtisse. Des quatre côtés de la terrasse, une porte donne accès à la maison traversante. Une deuxième terrasse encercle la maison de l'intérieur. De deux côtés, face à face, six marches en pierre descendent dans une magnifique cour intérieure, au milieu de laquelle il y a un bassin d'eau, plus petit, mais de la même couleur d'Éden, et d'innombrables rosiers touffus, rouges, jaunes, blancs, violets dont la senteur promet l'amour et le bonheur éternel, des lilas, des fraisiers…

Après la naissance de leur fille, les parents de Négar ont eu une deuxième fille, gravement handicapée, mort-née, puis ont décidé de ne plus avoir d'enfant.

Négar est une fille *mahjoub* : d'une féminité discrète, elle n'affiche jamais, même en privé, une quelconque sensualité ostentatoire. En vérité, elle n'aime pas les hommes mais les femmes. Elle est ce qu'on appelle en Occident une lesbienne, et, en persan, innocemment, une fille bien qui ne s'intéresse pas aux hommes. Sa mère, Mariyam, institutrice, avait cessé de travailler après l'obligation du port du voile, avant sa première grossesse. Elle s'occupe du jardin, de la maison, de ses parents et beaux-parents, du grand potager qu'elle a créé. Peu avant la révolution et l'arrivée de Khomeiny au pays, avant qu'il n'ait commencé à encourager les uns et les autres à la dénonciation des voisins *taghouti* qui buvaient, faisaient la fête, et ne respectaient pas chez eux les règles islamiques, ils ont congédié leur jardinier et leur femme de ménage.

Aucun étranger ne pénètre dans ce paradis. Loin du tohu-bohu du monde et des violences sociales, loin des interdits, ils sont heureux dans cet écrin miraculé jusqu'au jour où un malheur aussi effroyable qu'inimaginable les accable à jamais.

Sans être politisés, les parents et les grands-parents, à l'instar de l'immense majorité des Iraniens, regrettent amèrement l'univers qui s'est effondré avec la « révolution », leur liberté et leur mode de vie bafoués. Si tous regrettent que Négar ne soit pas mariée, ils ne savent pas qu'elle est lesbienne – mot, d'ailleurs, qu'ils ne connaissent pas.

Infirmière, Leili s'occupe depuis deux ans des quatre grands-parents, en échange de quoi, elle est logée dans la maison de Négar. Pour les parents et les grands-parents, les deux jeunes femmes partagent la maison, rien de plus. Presque tous les jours, les trois générations se retrouvent, en fin d'après-midi, sur les terrasses à écouter les chansons anciennes en décortiquant des pistaches fraîches, des noix fraîches, à déguster quelques fruits, à boire du thé, à rire des anecdotes croustillantes de la salle d'accouchement de Négar…

Comme beaucoup d'Iraniens, Behnoud fabrique du vin pour la consommation domestique, et il s'est spécialisé dans des liqueurs d'abricot et de cerise… peu sucrées, dans lesquelles il ajoute, nul ne sait à quel moment de la fabrication, un peu de cannelle. Une recette qui enivre nostalgiquement la famille. Les jeudis soir – puisque le vendredi est le jour férié – Mariyam prépare un dîner royal, composé de plusieurs mets succulents pour commencer, puis, deux plats principaux, et un dessert à base de pistache, comme les Ispahanais savent le faire. Et le vin s'invite à table. Les femmes, y compris les grands-mères, s'habillent, s'ornent de leurs plus beaux bijoux, pour un dîner cérémonial comme à l'époque où ils recevaient les notables de la ville. Parfois les tantes, les oncles,

les cousins et cousines sont conviés. Même sans invité, le traditionnel dîner du jeudi soir est un rite que seul un décès peut annuler. Sans exception, la soirée se termine avec la lecture des vers de Hafez que Mariyam lit de sa voix chaude et naturellement rouillée et depuis que Leili vit chez Négar, elle l'accompagne de son *tar* dont elle a appris à jouer toute seule. Le temps libre de tous est employé dans le jardin à cueillir les fruits et légumes, à ramasser les plantes, à tailler les rosiers, à couper les mauvaises herbes… La famille vit au rythme des rituels d'une époque perdue, où le bonheur était naturel, simple, sain et familial. À l'extérieur de ces murs hauts de quatre mètres et de cet immense jardin, la famille se fait très discrète pour que rien n'attire l'attention des fous d'Allah, pour que rien ne vienne abîmer le jardin qu'ils ont cultivé, leur paradis.

Si Négar était un garçon, l'idée qu'il puisse partager, à l'âge adulte, sa maison avec un ami aurait été inconcevable et aurait horrifié ses parents et ses grands-parents ; car si l'homosexualité masculine crée l'effroi et le rejet, l'homosexualité féminine qui ne dit pas son nom, est tolérée implicitement, au point que les hommes aux multiples épouses préfèrent la tendresse et l'attouchement sexuel entre les *havous* plutôt que la jalousie. Les multiples épouses officielles d'un mari sont les unes pour les autres des *havous*. Ce mot, qui désigne un lien de parenté particulier par alliance officielle d'un homme avec plusieurs femmes, n'a aucun équivalent en langue occidentale. Le concubinage ne peut y correspondre, car même les rois des siècles passés avaient, en Europe, une seule et unique épouse officielle.

Quand Ahmadinejad, lors de sa présidence, avait dit, dans un discours aux États-Unis (certains s'en souviennent), qu'il n'y avait pas d'homosexuel en Iran, il ne parlait que des hommes. En outre, sont homosexuels seulement ceux qui sont sodomisés, ceux qui pénètrent et sodomisent sont dans leur rôle. Par exemple, les tortionnaires qui violent les jeunes dans les prisons ne se croient pas homosexuels et ne sont pas traités de « sales pédés ». Seuls les hommes qui aiment, comme les femmes, être pénétrés sont de sales et impurs homosexuels qu'il faut exécuter sans délai. Les islamistes ont en commun avec les féministes lesbiennes l'horreur de la pénétration. Ce qui explique, par parenthèse, l'alliance implicite entre certaines féministes lesbiennes – à qui l'apartheid sexuel ne pose pas de problème – et les islamistes en Europe et aux États-Unis.

Quoi qu'il en soit, depuis l'existence des harems, où des jeunes femmes aux regards étincelant de désir vivaient durant des jours et des semaines dans la lassitude de l'attente, l'homosexualité des femmes n'a jamais été un sujet de société en Iran. Deux copines, deux cousines, deux camarades d'école, deux adolescentes, deux étudiantes d'université, deux amies sous une même couette n'ont jamais scandalisé personne, alors que deux adolescents, deux cousins, deux amis surpris dans un même lit c'est l'horreur absolue. Selon la loi, l'homosexualité féminine est interdite, mais elle est châtiée seulement si deux témoins oculaires attestent l'acte sexuel. Et puis l'acte sexuel n'est pas défini entre deux femmes étant donné qu'il n'y a pas de pénétration. Pour le viol également, deux témoins oculaires doivent valider le respect du hijab de la femme et le fait que rien dans son comportement ne s'opposait à la morale islamique. Imaginez la scène : deux hommes ou quatre femmes – puisque deux femmes ne font juridiquement qu'un homme – regardent, sans aucune intervention, un viol jusqu'au bout, comme des arbitres, pour décider si oui ou non, quelque chose dans le comportement ou dans la tenue de la femme a excité l'homme – qui, comme chacun sait, ne sait se contrôler – et l'a poussé au viol. Tandis qu'une femme seulement soupçonnée d'adultère, par son mari ou un tiers, est incriminée sur-le-champ, comme un homme soupçonné d'homosexualité, plus exactement, un homme soupçonné d'aimer être enculé. Quoi qu'il en soit, depuis quarante ans, dans ce pays où les violences faites aux femmes sont légion, aucune femme n'a porté plainte pour viol. Le viol, comme l'homosexualité, n'existe pas en Iran. L'inceste non plus.

La maison des grands-parents de Négar, comme l'architecture de toutes les maisons en Iran, avant la modernisation du pays, jusqu'en 1930, favorisait l'homosexualité féminine. Autrefois, aucun père de famille ne pénétrait dans cette partie intérieure de sa propre maison nommée *andarouni*, réservée au sexe féminin, où vivaient, à l'abri des regards *namahrâm*, « illicites », son épouse ou ses épouses et ses enfants mineurs, sans un *yaalah*, « y a quelqu'un », à voix haute pour prévenir les éventuelles cousines, belles-sœurs ou voisines en visite, qui devaient se voiler aussitôt, avant que le seuil de l'*andarouni* ne soit franchi par le maître des lieux. Cette partie intérieure des maisons, qui pouvait comprendre plusieurs pièces, cour et jardin, était strictement interdite à tout adulte de sexe masculin qui ne fît pas partie de la famille. S'il arrivait qu'un mari, ou un frère, surprît, par exemple, le voisin ou le fils d'un voisin dans l'*andarouni*, l'affront et le déshonneur se terminaient en effusion de sang de la mère ou de la sœur : à l'opposé des duels au pistolet en Occident entre les hommes. Plusieurs films iraniens traitent de ce sujet, *Mohalel* en 1971 sous forme humoristique et *La Maison paternelle* en 2012, d'une façon tragique.

Pénétrer dans l'*andarouni* des maisons, c'était pénétrer dans la culotte des femmes.

Birouni était l'espace réservé pour accueillir les convives masculins et servait parfois de lieu professionnel au père de famille. La forme architecturale des maisons traditionnelles façonne, encore aujourd'hui, la mentalité des gens religieux, en Iran comme dans beaucoup de pays musulmans, où l'extérieur est réservé aux hommes, l'intérieur et la domesticité aux femmes.

Négar, comme toutes les lesbiennes, vit son histoire d'amour beaucoup plus librement que les hétérosexuels la leur. Avec son amoureuse, elles se promènent, main dans la main, où bon leur semble, vont au restaurant, au cinéma sans craindre l'irruption des gardiens de la morale qui arrêtent les hétérosexuels partout, dans la rue, au restaurant, dans les voitures ou même chez eux, lors de fêtes privées, les humilient, les interrogent séparément pour savoir s'ils sont mariés ou pas… Ces arrestations peuvent, parfois, leur valoir emprisonnement, coups de fouet et viol car ils n'ont pas respecté l'apartheid sexuel, alors qu'aucun gardien de la morale islamique, depuis quarante ans, n'a jamais fait irruption dans une orgie féminine, n'a jamais arrêté deux amoureuses marchant main dans la main. Au contraire, dans les fêtes et mariages des familles religieuses, séparées des hommes, les femmes se séduisent et jouissent des plaisirs interdits aux hétérosexuels.

La bienséance dictait tout dans cette famille où chacun faisait semblant d'être ce qu'il était de naissance. Les secrets étaient restés secrets, de génération en génération, jusqu'à leur évanescence. Une morale et une éducation ancestrales intimaient, comme dans toutes les familles iraniennes, le respect envers les plus âgés : il ne fallait jamais accabler les parents de leurs fautes, non seulement par politesse, mais aussi par conviction qu'ils avaient fait tout ce dont ils étaient capables, donc de leur mieux. Et puis, cette formule par laquelle commençait, immanquablement, toute parole sortie de la bouche des grands-parents : « Bientôt je ne serai plus de ce monde... » coupait à jamais l'envie de reprocher quoi que ce fût à ces agonisants. Malgré leurs secrets, certains certainement honteux, leur bienveillance à toute épreuve envers leurs descendants attendrissait les tempéraments les plus rebelles. Un voile de politesse et de généreuse indulgence, comme il peut en exister en Orient, couvrait les blessures et les rancunes et empêchait les conflits familiaux sans issue. Ni Mariyam ni Behnoud n'avaient jamais rien reproché à leurs parents, ni Négar aux siens. L'affection filiale, les liens du sang avaient eu raison de tout dans cette famille soudée. Même le partage de l'héritage que les grands-parents avaient décidé de leur vivant s'était passé dans le respect et la dignité, alors qu'il s'agissait d'une grande fortune qui aurait déchiré plus d'une famille. Personne ne fouillait le passé familial, il y avait assez à faire dans le jardin. Bref, cette ancienne famille iranienne, riche et traditionnelle, mais non religieuse, avec ses secrets enfouis, correspondait à l'idéal de l'exotisme oriental fantasmé par les Occidentaux.

Excellente sage-femme, Négar est aussi une excellente conductrice. Son père lui a appris à conduire dès l'âge de quatorze ans. Avec sa Peugeot, elle se faufile entre les voitures, même lors des embouteillages, comme dans les films policiers. Si elle ne s'est jamais fait arrêter par la police de la morale, si elle ne s'est jamais fait remarquer par sa sensualité, elle a été, cependant, remarquée par tous les hommes au volant, et surtout par ceux de son quartier qui, en appréciant son *dastfarmoun,* « sa maîtrise du volant », avaient essayé, sans succès, de l'aborder. Elle a été également arrêtée plusieurs fois pour excès de vitesse, mais elle avait présenté sa carte de sage-femme, expliquant qu'elle avait été appelée pour un accouchement. Elle répare et révise elle-même sa voiture dont elle connaît la mécanique aussi bien que celle de l'utérus et de l'ensemble des organes génitaux des femmes.

À Ispahan comme dans toutes les autres grandes villes en Iran, la drague se pratique, parfois, d'une voiture à l'autre lors des arrêts aux feux rouges ou dans les embouteillages. C'est très courant qu'un homme baisse la vitre et aborde sans préambule, dans des termes parfois assez suggestifs ou même grossiers, une femme au volant de la voiture d'à côté. Dans ce pays où la loi interdit qu'un homme s'adresse à une femme qui n'est ni sa mère, ni sa sœur, ni sa fille, toutes les occasions furtives, imaginables et inimaginables, sont saisies pour accoster la gent féminine.

Rohani, durant sa campagne présidentielle, promettait l'amélioration des conditions de vie des femmes, comme ils le font tous pour être élus – même Ahmadinejad avait dit : « Nous n'avons pas fait une révolution pour surveiller le voile des femmes. » L'ordre était donné, de très haut, de lâcher du lest durant les mois de campagne présidentielle. Les imams *djomeh,* qui président la prière du vendredi, dans les grandes et petites villes, avaient reçu l'ordre de cesser toute outrance. Les femmes se maquillaient, yeux noirs et lèvres rouge sang, mettaient sur la tête un petit foulard coloré, parfois transparent, qui dissimulait à peine un quart de leurs cheveux qui dépassaient devant et derrière, portaient une tunique colorée et courte sur leur pantalon en guise de manteau obligatoire. Les jeunes n'étaient l'objet d'aucune arrestation, d'aucune intrusion, d'aucune humiliation durant quelques mois pour leur faire croire à la modération du président qui promettait, cette fois-ci, vraiment, de relancer l'économie et de baisser le voile des femmes. Pour encourager les jeunes à voter, face au « modéré » Rohani, il y avait un dur « conservateur » qui ne cachait pas ses intentions de corriger le laxisme et le « laisser-aller » des femmes.

Dans ce jeu de dupes, chaque fois, entre le mal et le pire, les gens choisissaient le mal, en espérant, comme seulement les Orientaux et particulièrement les Iraniens savent espérer, avec un mélange de naïveté et d'aveuglement volontaire à toute épreuve, que la situation pouvait, miracle aidant, s'améliorer. Si les agents n'arrêtaient pas les jeunes, ils étaient dans les rues quand même pour surveiller la liberté, afin qu'elle ne dépasse pas la ligne rouge.

Aussitôt après l'élection de Rohani, le Parlement a légiféré sur une loi permettant aux agents de la morale de bénéficier de plus de moyens, d'autorité, de liberté d'action et d'immunité pour faire respecter l'ordre islamique. Les arrestations ont repris de plus belle. Le « laisser-aller » allait vite prendre fin, comme tout esprit avisé pouvait s'y attendre. L'imam du vendredi d'Ispahan a fait à nouveau retentir sa voix, qui avait disparu durant les mois de campagne présidentielle, au-dessus de la place Naghch-é-Djahan. « … Notre ville est devenue un lieu de débauche, de *fessad*. Les femmes se dénudent. Elles se croient en Occident impie. Il est temps d'y mettre fin. Il faut s'abattre comme la foudre sur les ennemis de l'islam pour qu'ils regrettent à jamais leur manque du respect… » La horde intégriste crie d'une même voix : « Allah o Akbar. À bas… »

Ni Négar, ni sa famille, ni son amoureuse, Leili, n'avaient rien changé à leur apparence. Elles ne se sentaient pas concernées par le durcissement de la situation, même s'ils maudissaient tous, à l'instar de 90 % du peuple, ce régime.

Sans être belle, Leili était *banamak*, littéralement « avec du sel », comme on dit en persan, ce qui signifie piquante, ayant « du chien ». Elle avait donc le sel de la vie dans le sang. Les deux femmes, disait-on, dans la clinique privée où elles travaillaient toutes les deux, se ressemblaient ; tout le monde les croyait cousines à cause de cet air de famille qu'on leur reconnaissait, même si Leili était plus belle et plus sensuelle que Négar. À bien y regarder, toutes les femmes voilées se ressemblent plus ou moins. Il n'y a rien de plus naturel chez les Iraniens que l'affection et l'amitié intime entre cousines, même éloignées. Elles ne réfutaient jamais le lien familial qui leur permettait de vivre tranquillement leur amour, habitant, loin de tout soupçon, sous le même toit.

Leili vient d'un milieu très modeste de Khomeiny Shahr, autrefois nommé Homayoun Shahr, à vingt kilomètres d'Ispahan. Elle a coupé les ponts avec sa famille dont elle ne parle jamais. Un de ses deux frères avait rejoint les rangs des groupes paramilitaires bassidjis, dès l'âge de douze ans, attiré, comme beaucoup d'enfants des familles religieuses, par la kalachnikov qui dépassait sa taille. Son autre frère, drogué, avait disparu depuis des années, et ses parents vivaient dans un petit appartement avec la retraite de leur père et l'aide de leur fils bassidji.

Si Négar sait tout cela, elle se garde bien d'en parler à ses parents pour ne pas les inquiéter. Les deux jeunes femmes sont nées le même jour et le même mois, à deux ans d'intervalle. À vingt-huit ans, Négar est l'aînée. Depuis deux ans, elles fêtent donc, ensemble, leur anniversaire. Nul ne questionne, par discrétion, Leili à propos de sa famille, alors que si la politesse, la bienséance, l'hospitalité et la générosité font partie des caractéristiques des Iraniens, il ne faut pas oublier la suspicion et la curiosité malsaine, qu'on appelle en persan *fouzouli* « fourrer son nez partout », qui domine toutes les autres. Les familles tentent de tout savoir, si nécessaire en jouant aux détectives privés, sur les amis que leur progéniture fréquente, sur le prétendant de leur fille ou la fiancée de leur fils ; car un adage aussi ancien qu'Ispahan dit *Doshman é dânâ bolandat mikonad bar zamin andazadate nâdan doust.* Traduction simple : « Un bon ennemi vaut mieux qu'un mauvais ami. » Traduction mot à mot : « Un ennemi sage t'élèvera tandis qu'un ignorant ami te terrassera. » Or la gentillesse à toute épreuve de Leili avait désarmé la *fouzouli* et la suspicion centenaire des grands-parents. Aucun mal ne pouvait leur arriver par cette infirmière dévouée qui prenait soin d'eux avec tant d'attention et délicatesse.

Si Leili avait avoué à Négar qu'elle avait quitté ses parents parce qu'ils avaient décidé de la marier sans son consentement, elle n'était pas rentrée dans les détails, par honte sans doute, malgré leur relation fusionnelle.

Le maire de Khomeiny Shahr, qui menait la petite ville d'une main mafieuse, avait, grâce à la corruption, une très bonne situation et déjà deux épouses. Il avait aperçu Leili plusieurs fois en ville, et avait demandé, en troisièmes noces, sa main à son frère bassidji qui avait accepté avant même de se donner la peine de s'enquérir de l'avis de sa sœur. Les parents, après avoir donné également leur bénédiction, avaient annoncé la bonne nouvelle à l'intéressée… qui n'était pas du tout intéressée !

— Je lui ai donné ma parole. Je ne te laisse pas me déshonorer, cria le frère, rouge de colère.

— Je ne suis pas une monnaie d'échange. Tu n'avais aucun droit de décider à ma place.

— Tu ne me parles pas comme ça !

— Tu n'as aucun droit de décider de ma vie et je te parle comme je veux.

— Ne parle pas comme ça à ton frère, reprocha la mère à sa fille.

— C'est à moi que tu dis ça ! hurla Leili.

— Calme-toi, supplia la mère qui craignait le pire.

— Et toi ? Tu ne dis rien, s'adressa Leili à son père qui était resté silencieux.

— Tu dois respecter ton frère et lui obéir.

— C'est moi qui dois le respecter ?! Moi qui lui ai torché le cul ? Je dois lui obéir alors que je l'ai vu grandir. À vingt-quatre ans je dois obéir à mon petit frère de dix-neuf ans, c'est ça ?

— Tu vas te marier un point c'est tout, décréta le frère.

— Je ne suis pas une putain que tu peux vendre à qui bon te semble.

Le frère s'approcha de sa sœur, la gifla, l'attrapa par les cheveux. Elle essaya de se défendre, de lui donner des coups, sans succès. Il était baraqué et formé par les forces spéciales de Qods. Il était un guerrier, un tueur. Il la tira par les cheveux dans la salle de bains, ferma la porte ; cogna plusieurs fois sa tête contre le carrelage, pour lui faire mal et peur, mais pas très fort pour ne pas déclencher une hémorragie et abîmer la marchandise.

La mère suppliait derrière la porte de la salle de bains : « Ne la frappe pas. Elle va t'obéir. »

— Tu vas l'épouser. T'as compris ?

— Non, mon petit frère. Je ne le ferai pas. Qu'est-ce que tu vas faire ? M'assassiner ? M'égorger ici ? C'est ça ?

— Non, je te ferai pire, la menace-t-il, en lui cognant la tête contre le carrelage.

La mère, affolée par la résistance de sa fille, dont elle entend la voix et connaît le caractère, frappe à la porte :

— Ouvre la porte. Ne lui fais rien, écoute-moi mon fils au nom du lait que je t'ai donné. Ouvre la porte. Je t'en prie…

— Au lieu de prendre soin de toi, j'aurais dû t'étouffer quand tu étais petit, lui crache au visage Leili.

— Eh bien maintenant je suis grand et c'est moi qui fais la loi ici et tu vas m'obéir.

— Jamais, mon petit frère.

— On verra ça.

Il sort un couteau de sa poche, fait glisser la lame sur le visage de sa sœur.

— Tu vois ça, je te laisse imaginer à quoi va ressembler ton joli visage.

— Tu es un voyou d'assassin. Ton fils est un assassin, tu peux en être fier, crie Leili à sa mère qui supplie son fils en pleurs :

— Je suis ta mère, écoute-moi, ne lui fais rien…

Le lendemain, Leili avait disparu. Son frère l'avait cherchée. Elle n'était pas allée à l'hôpital de Khomeiny Shahr où elle travaillait. Ni amies, ni famille, ni voisines, ni collègues ne savaient où elle pouvait être. Durant quatre mois, elle avait survécu, avec ses économies, à Téhéran, puis, apprenant que son frère avait été envoyé en mission en Irak, elle était venue à Ispahan et avait trouvé un poste dans la clinique privée où travaillait Négar.

Offensé par la disparition de sa promise, le maire de Khomeiny Shahr avait diffusé la photo de Leili parmi ses agents secrets pour la retrouver, puis, finalement, il avait épousé une autre fille.

La polygamie venait d'être proposée par les mollahs, ouvertement dans les médias, comme un remède efficace à la grave crise économique. Tous les hommes aux revenus confortables étaient encouragés à épouser la deuxième, la troisième et la quatrième femme ; et s'ils pouvaient se payer des épouses temporaires, tant mieux. « La jalousie des femmes est une maladie qui nuit à l'islam, c'est mieux d'être épousée par un mari, même s'il a déjà des femmes, que de finir en pauvre vieille fille », assenaient les mollahs dans des émissions à la télévision et à la radio, affirmant qu'ils préconisaient l'ordre d'Allah, du Coran et du prophète Mahomet.

Ni son ancien prétendant ni ses parents ne soupçonnaient que Leili vivait et travaillait depuis deux ans à seulement trente kilomètres de chez eux. Si les deux femmes ne cachaient pas leur affection et leur grande amitié, jamais elles n'affichaient leur amour devant les parents ou les grands-parents : pas un geste suggestif, pas une caresse, pas un échange de regard langoureux, pas un baiser volé qui laissât deviner leur relation charnelle. Même à l'ombre des arbres dans le jardin, elles faisaient attention. À quoi bon les défier inutilement, pensait Négar, qui gardait son amour et son homosexualité secrets. Elles avaient planifié leur avenir. Négar serait un jour la seule héritière de la demeure. La fortune familiale lui permettrait aisément d'aller en Belgique pour une insémination avec du sperme congelé d'on ne sait qui, mais elle projetait, après la mort de ses grands-parents, d'annoncer à ses parents qu'elle souhaitait adopter des enfants. Dans ce pays où tout est interdit, tout est possible grâce à la corruption. Une femme non mariée n'a pas le droit à l'adoption – même les mères, après le divorce ou le décès du mari, n'ont pas la garde de leurs propres enfants qui restent sous tutelle de l'oncle paternel ou du grand-père paternel, mais en tant que sage-femme, elle connaissait les moyens détournés pour adopter. Elle avait assisté à trop de naissances malheureuses, elle avait vu trop de parents qui ne méritaient pas d'avoir d'enfants, elle avait été trop de fois témoin de cette déception scandaleuse de certaines mères qui enfantaient des filles, pour comprendre que l'instinct maternel n'était que balivernes. Elle voulait adopter quatre filles et Leili avait adoré l'idée de ne plus jamais torcher le cul d'un petit garçon.

Suite au discours haineux du mollah en chef d'Ispahan après l'élection de Rohani, tandis que la ville subissait l'assaut des gardiens de la morale, la famille vivait comme toujours à l'abri des violences islamiques. Grâce aux antennes paraboliques, ils ne regardaient, comme tous les gens aisés et la classe moyenne, que les chaînes iraniennes basées aux États-Unis ou à Londres. Ils cultivaient l'ignorance et le déni face à la réalité brutale qui existait à l'extérieur de leurs murs hauts de quatre mètres. Outre son vaste potager, Mariyam avait un grand poulailler qui l'occupait. Elle, ses parents et ses beaux-parents quittaient rarement la demeure. Dans ce pays où n'importe qui, à n'importe quel moment et pour n'importe quelle raison, pouvait être arrêté, Mariyam ne cessait de demander à sa fille d'abandonner son travail. Négar rassurait sa mère : « Ne t'inquiète pas, je surveille mon voile, personne ne m'arrêtera, il ne m'arrivera rien. Je suis sage-femme et non journaliste. » Matériellement, elle n'avait pas besoin de travailler. Même son père pouvait arrêter son métier d'ingénieur. Les revenus financiers des grands-parents, qui avaient placé leur argent, permettaient à toute la famille de vivre confortablement.

Ce soir-là, Leili et Négar devaient terminer leur service ensemble, mais l'accouchement avait traîné en longueur et Négar n'avait pas voulu céder sa place à une collègue avant de mener à terme le travail. Leili l'attendait sur le parking en discutant avec une de ses collègues.

Elle aperçut un homme d'une trentaine d'années qu'elle avait déjà vu rôder dans le coin, elle pensa qu'il devait être un des employés de la clinique, cependant elle préféra, malgré le beau temps, après le départ de sa collègue, rentrer et attendre Négar dans l'entrée principale.

Finalement, quand le soleil se couchait, les deux femmes sortirent, marchant côte à côte. Tout en racontant les complications de l'accouchement, Négar s'arrêta pour chercher la clé de la voiture dans son grand sac.

L'homme qui rôdait dans le parking monta sur sa moto, se dirigea vers elles, les approcha tout près.

Leili recula, se protégeant la tête et le visage – réflexe instinctif de toute personne qui a subi la violence physique.

Exactement au même moment, à l'opposé de Leili, qui avait reculé, Négar tourna la tête pour engueuler le motard de rouler si près d'elles. À l'instant où, tournée vers la moto, elle ouvrit la bouche, elle sentit la lave du volcan sur son visage.

Une douleur plus violente que la foudre transperça son visage et le fit disparaître. Pas de bouche pour crier. Pas de voix.

Elle courut quelques pas, puis s'effondra.

Leili, qui s'était caché le visage avec le bras, n'avait pas vu la scène, crut que Négar était tombée en courant derrière la moto qui venait de quitter en vitesse le parking. Elle s'avança, prit le bras de Négar pour l'aider à se relever, et dès qu'elle vit son visage, elle fut pétrifiée d'effroi, puis, après quelques fractions de seconde seulement, elle parvint à hurler au secours.

Il fallut une longue minute pour que deux urgentistes transportent Négar à l'intérieur pour les premiers soins avant de la transférer dans un hôpital spécialisé.

Leili répétait dans ses sanglots étouffés : c'est à cause de moi. Pardonne-moi, Négar. Pardonne-moi…

Elle appela le père de Négar sur son portable sans oser lui dire ce qui était arrivé. Behnoud, qui était en train de rentrer à la maison, changea de direction. Quand il apprit de quoi Négar était victime, terrorisé, il pleura d'une douleur plus déchirante que celle qui accable le cœur d'un père à qui on annonce la mort subite de sa fille. Il n'avait pas le courage de prévenir sa femme et pourtant il savait qu'il devait le faire. Il envoya un taxi pour aller la chercher.

Affolée, Mariyam arriva.

Behnoud l'attendait devant l'entrée.

— Où est-elle ? Comment va-t-elle ? Qu'est-ce qui lui est arrivé ?

— Calme-toi, l'implore son mari.

Elle voit tout de suite qu'il a pleuré. Elle n'a jamais vu son mari si démuni.

— Pourquoi tu ne dis rien ? Pourquoi tu as pleuré ? Ça ne peut pas être grave, j'ai vu sa voiture dans le parking. Quelqu'un l'a percutée à moto, c'est ça ? Je veux juste voir ma fille, même de loin.

— On ne peut pas la voir pour le moment. Reste calme, s'il te plaît. Je te le demande.

— Pourquoi je ne peux pas voir ma Négar ? Mais dis-moi ce qui se passe ?

Behnoud prend les deux bras de sa femme.

— Tu dois être très forte. Tu dois me promettre que tu seras très forte.

— Mais dis-moi ! Qu'est-ce qui est arrivé à ma fille ?

— Elle est en soins intensifs.

— Pourquoi ?

— On lui a jeté de l'acide.

Behnoud ne parvient plus à retenir ses larmes.

— Je ne comprends pas ce que tu dis. Pourquoi tu pleures ?

— On lui a jeté de l'acide au visage ! crie Behnoud.

Mariyam, hagarde, regarde son mari droit dans les yeux et elle y voit la terreur. Elle se libère violemment des bras de son mari.

— Pourquoi tu me dis ça ? Pourquoi tu me dis une chose pareille ?

De ses deux poings, Mariyam commence à cogner son mari de toutes ses forces en hurlant.

— Pourquoi tu me dis ça ? Pourquoi tu me dis ça ?

Il essaie de la prendre dans ses bras, de la calmer. Elle tremble comme une branche frêle. Ses genoux la lâchent :

— Dis-moi que c'est faux, dis-moi que c'est faux. Je t'en supplie, au nom de Dieu, Behnoud, dis-moi que c'est faux.

Négar fut transportée dans un hôpital spécialisé pour les grands brûlés.

Leili ne quitta jamais son chevet. Mariyam non plus.

Quand les grands-parents apprirent la terrifiante nouvelle, ils perdirent la force de continuer à vivre. Tous les quatre furent hospitalisés.

Behnoud prit un congé indéterminé pour s'occuper de sa famille.

Négar resta hospitalisée des mois. Elle avait reçu l'acide en plein visage et un peu dans la bouche. Elle n'avait plus d'yeux, plus de lèvres, presque plus de nez et une partie de sa langue avait fondu.

L'homme qui lui avait jeté l'acide au visage était un des agents secrets de la mairie de Khomeiny Shahr qui visait en fait le visage de Leili.

Il n'a jamais été arrêté, malgré les poursuites judiciaires acharnées de la famille de Négar, et malgré le témoignage de Leili. Il a été envoyé en mission en Syrie.

Behnoud a vendu la demeure familiale afin d'envoyer Négar et sa mère en Suisse pour des chirurgies reconstructrices.

Après leur départ, Leili quitta définitivement Ispahan.

Quelques dizaines de femmes ont été attaquées par acide dans la seule ville d'Ispahan. Les imams de la prière du vendredi reçoivent leurs instructions directement du premier cercle des dirigeants et ces derniers avaient ordonné qu'on « frappât avec la violence de la foudre les femmes mal voilées pour éradiquer la débauche ».

Depuis quarante ans que les ayatollahs dictent les lois, quelques milliers de femmes en Iran ont été victimes d'attaques à l'acide.

La poésie de Sara

Une personne de vingt-quatre ans, sans pénis, monte sur un poteau au centre de la ville et brandit un tissu blanc.

Acte interdit selon la Loi !

Acte criminel selon la Loi !

Toute personne sans pénis, chauve ou pas, doit porter un bout de tissu sur la tête en public. Sept jours sur sept, à toute heure du jour ou de la nuit ; qu'il fasse chaud ou froid.

L'absence de pénis doit être désignée par un signe extérieur.

C'est la Loi.

Et le bout de tissu sur la tête symbolise l'absence de pénis.

Pour que les êtres avec pénis intériorisent, dès l'enfance, leur supériorité congénitale, pour que les êtres sans pénis intériorisent leur infériorité congénitale, et pour que, plus tard, dans la société, les êtres avec pénis puissent faire valoir la supériorité de leurs droits, il faut que les êtres sans pénis portent un bout de tissu sur la tête dès la première année d'école primaire.

Les droits des êtres sans pénis sont bien moindres que ceux des êtres sans pénis. La vie même des êtres sans pénis vaut moins que celle des êtres avec pénis.

Où est le mal ?

Il faut une certaine hiérarchie dans la société. Depuis la nuit des Temps, dans toutes les sociétés, les êtres avec pénis ont eu plus de droits, plus d'espace, plus de liberté, plus de pouvoir, plus de force, plus de légitimité. L'ordre social, la Loi, la Religion, la Guerre, le Pouvoir, la Science, l'Art, l'Architecture, la Littérature, la Philosophie, la Peinture, la Musique… sont l'invention des êtres avec pénis.

Combien de Mahomet, de Jésus, de Moïse, d'Abraham, de Noé ou de Zoroastre sans pénis a-t-on eus ? Combien de Gengis Khan, de Cyrus le Grand, d'Alexandre le grand, d'Attila ou de Jules César… sans pénis a-t-on eus ? Combien d'Omar Khayyam, de Newton, de Galilée, de Copernic, de Darwin, d'Einstein… sans pénis a-t-on eus ? Combien de Platon, d'Aristote, de Socrate, d'Épicure, de Kant, de Descartes, de Voltaire, de Rousseau… sans pénis a-t-on eus ? Combien d'Homère, d'Horace, d'Hérodote, de Saadi, de Hafez, de Ferdowsi, de Nezami, de Roumi… sans pénis a-t-on eus ? Combien de Léonard de Vinci, de Michel-Ange, de Vermeer, de Botticelli, de Rembrandt, de Rubens, de Vélasquez, de Manet, de Monet, de Picasso… sans pénis a-t-on eus ? Combien de Rabelais, de Shakespeare, de Racine, de Corneille, de Molière, de Cervantes, d'Hugo, de Balzac, de Tolstoï… sans pénis a-t-on eus ? Combien de Bach, de Beethoven, de Mozart, de Brahms, de Vivaldi, de Tchaïkovski, de Puccini, de Verdi, de Ravel, de Rossini, de Rachmaninov, de Strauss, de Chopin… sans pénis a-t-on eus ? Combien de Napoléon, de Lincoln, de Washington, de Marx, de Lénine, de Staline, de Mao Zedong… sans pénis a-t-on eus ? Combien d'Hercule, d'Hector, d'Achille, de Persée, d'Ulysse ou de Rostam… sans pénis a-t-on eus ? Combien de rabbins, de papes, d'évêques, de cardinaux, d'ayatollahs sans pénis a-t-on eus ? Et enfin, combien d'êtres avec pénis ont-ils été, depuis la nuit des Temps, violés par des êtres sans pénis ?

Admettez que faire porter aux êtres sans pénis un bout de tissu sur la tête pour que leur fragilité, leur vulnérabilité, leur infériorité congénitale : physique, mentale, sexuelle, psychologique, soient reconnues dans la société est la moindre des choses. Admettez que l'existence ou l'absence de pénis est déterminante dans l'avenir des êtres, du monde, et qu'il n'est vraiment pas scandaleux, alors vraiment pas du tout, aux yeux mêmes de très nombreux êtres sans pénis, que leur infériorité soit symbolisée par un simple bout de tissu. C'est leur choix. Merde quoi ! Un bout de tissu n'a jamais tué personne. Un peu de bon sens. Un peu de respect. Un peu de pudeur. Un peu de, de… de justice. Voilà le mot que je cherchais : la *Justice*.

C'est une carence naturelle, intrinsèque, irrémédiable que de ne pas avoir un pénis. Il est temps qu'au nom de la Nature, au nom de la Justice, une loi reconnaisse l'infériorité des êtres sans pénis et la symbolise par un signe extérieur : un bout de tissu sur la tête.

De tous bords, les uns et les autres, pour ou contre les lois patriarcales, sans oser le déclarer ouvertement, reconnaissent la supériorité du pénis. Ne soyez pas hypocrites, avouez-le.

Ya rousari ya tousari, ou foulard ou raclée, en persan ça rimait, scandaient, dans les rues, les *chomagdaran*, la horde armée de bâtons et de haches, quand j'avais treize ans, prêts à massacrer par milliers les êtres sans pénis refusant de porter sur la tête le bout de tissu, symbole de leur infériorité congénitale.

Aussi étonnant que ce fût, l'immense majorité des « féministes » occidentales, qui défendent l'égalité des droits entre les êtres avec et sans pénis, n'ont jamais été scandalisées par ce bout de tissu sur la tête des êtres sans pénis, qui nie pourtant toutes leurs revendications.

La reconnaissance sociale et/ou juridique de la supériorité des êtres avec pénis, avec laquelle l'immense majorité des êtres avec ou sans pénis (catholiques, protestants, athées, agnostiques, juifs, hindous, musulmans, Chinois, Américains, Indiens, Européens, Indonésiens, Turcs, Iraniens…) sont d'accord, constitue la colonne vertébrale de l'idéologie islamique.

Quel esprit sain peut-il rejeter cette évidence ?

Il faut se demander si Freud avait étudié cette idéologie avant d'écrire sur l'envie du pénis chez la Femme.

La Femme ! La Femme, qui est-elle ? La Femme, qui la connaît ? La Femme, existe-t-elle ? Qui est la Femme ? Que veut la Femme ?

Une mère est un utérus qui enfante, de préférence, des êtres avec pénis. Une épouse sert son époux dans beaucoup de domaines, y compris sexuels. Mais une femme, sans être une épouse, sans être une mère, une « vieillie fille », ça sert à quoi ? C'est suspect, une femme seule. C'est dévalorisant, une femme seule.

Ne pas posséder un pénis est une « frustration », une « privation », un « manque », c'est « avoir un sexe tronqué », « avoir un trou à la place du pénis », ont écrit de nombreux écrivains et théoriciens.

Selon l'arbitraire du langage et des règles culturelles et sociales, je suis une femme. Moi, ça m'aurait tout autant convenu si on m'avait classée dans une autre catégorie, je m'y serais habituée. Je n'avais rien à en faire d'être une « femme », mot, d'ailleurs, dépourvu de précision.

C'est la pudibonderie langagière que de ne pas nommer les choses par leur nom. C'est la maladie du langage humain que d'être, par essence, hypocrite.

Qu'est-ce qu'une femme analphabète, afghane, malienne, ou nigérienne, grandie sous le joug des lois islamiques, peut avoir en commun avec une femme européenne ou américaine diplômée de grande université, à part l'absence de pénis ?

Pourquoi prendre pour exemple les femmes afghanes ou nigériennes ? Moi-même, lorsque j'ai atterri à Paris, en 1993, à l'âge de vingt-cinq ans, je n'avais rien en commun avec une Parisienne du même milieu socio-économique que moi, même si j'appartenais à une minorité d'élite qui avait lu les sagas d'Alexandre Dumas, les romans de Balzac, de Victor Hugo, de Zola, de Romain Rolland, de Tolstoï, de Pasternak, de Dostoïevski, de Charlotte Brontë... traduits en persan. Je ne me sentais pas comme une petite provinciale qui débarquerait d'un petit village de la Creuse à Paris, oh non ! Quelques siècles me séparaient des femmes françaises de mon âge sur le plan des mœurs. Les préjugés qu'on avait plaqués sur nos corps sans pénis, le voile avec lequel on nous avait couvertes dès l'âge de sept ans, les limites sociales, culturelles, dogmatiques qui nous étaient imposées, et les frustrations que nos corps sans pénis avaient endurées, depuis l'existence du régime islamique, n'existaient même pas dans la France du XVIe siècle, à l'époque de la princesse de Clèves de Madame de La Fayette, où les femmes portaient des « toilettes », lors des bals, se faisaient belles, chantaient, et dansaient dans les bras d'hommes qui n'étaient pas leur époux.

Si je dis une femme, on attend que je la situe dans une époque, dans un pays, dans une société, dans une communauté, dans une culture, dans un milieu, dans une religion... Pour effacer le déterminisme national, social, culturel et religieux, j'opte ici pour la précision biologique, afin de mettre un terme à quarante ans d'âneries à propos du voile et de rendre la chose tangible à tous. Aux Européens, Américains, aux musulmans qu'ils soient iraniens, indonésiens, turcs, arabes ou même chinois.

La science quand elle nomme, elle sait de quoi elle parle, ce qu'elle traite. Son langage est universel.

Dans mon pays, en moins d'un an, la représentation, le rôle, la place, l'image, la signification des êtres sans pénis ont changé radicalement, leurs droits aussi.

L'apprentissage du genre des mots en français, à vingt-six ans passés, m'a fait beaucoup suer, je n'ai jamais compris pour quelle raison certains mots étaient masculins et d'autres féminins ; en allemand, c'est pire, il y a aussi des mots neutres. L'arbitraire du langage est absolu. Je dois ici ouvrir une parenthèse pour vous dire une chose que vous ne savez pas. En persan, malicieusement androgyne, le masculin et le féminin n'existent pas. Même le pronom personnel troisième personne du singulier, Elle et Il, *She and He*, *Sie und Er*… se dit invariablement *Ou*, le sexe, le genre de la troisième personne singulier n'est pas identifiable. À l'opposé de l'anglais, de l'allemand, du russe, de l'arabe, du chinois, du japonais, de l'hébreu, de l'hindi, qu'un être humain soit avec ou sans pénis, Il et Elle ne se distinguent pas dans la langue persane et se nomment *Ou*. Les mots n'ont pas de genre.

Malgré les ayatollahs et l'islam, depuis quatorze siècles, la langue persane, qu'on dit sans article *farsi*, résiste à la domination et à l'hégémonie masculines. En persan, en *farsi* donc, le masculin ne l'emporte pas. Jamais et nulle part.

Comment peut-on imaginer que dans le pays de Pourandokht, le masculin pouvait l'emporter ? Mais vous ne connaissez pas Pourandokht, vous connaissez les ayatollahs, la horde intégriste et les épouvantails en tchador. Plus personne ne dit qu'à l'époque où l'on enterrait vivantes les êtres sans pénis en Arabie, à l'époque où les êtres sans pénis n'avaient aucun droit dans les pays européens, à l'époque où les États-Unis d'Amérique n'existaient pas, Pourandokht, un être sans pénis, une « femme », était roi en Iran. Oui, roi et non reine. La reine est l'épouse du roi. Un être sans pénis, une « femme » au trône est nommée roi, Chah, en persan, comme les autres rois. Avant l'invasion de l'islam, il existait une culture millénaire dans mon pays de naissance, mais nul ne dit plus comment parlait Zarathoustra !

J'avoue donc ici que malgré mes quatorze livres en français, je n'ai toujours pas compris la logique du genre des mots ; si tant est qu'il y en ait une.

Les mots masculins auraient-ils un pénis symbolique ?

Certains féministes ajoutent un *e* au mot écrivain et aux autres métiers pour compenser ou pour souligner leur manque du pénis. Moi, je m'en fous éperdument d'un *e* de plus. Un *e* ne change rien à l'affaire. Un *e* ne remplace pas un pénis.

Je reviens à mon histoire.

Une personne de vingt-quatre ans sans pénis monte sur un poteau au centre de la ville et brandit un tissu blanc.

Acte interdit selon la Loi !

Acte criminel selon la Loi !

Sara n'a pas de pénis et a vingt-quatre ans.

Elle travaille depuis ses dix-sept ans dans la maison de haute couture la plus chic de Téhéran, spécialisée dans les robes de mariage. Elle sait coudre comme personne les pierres précieuses, les fleurs ou tout autre ornement, sur les robes de mariage. Sa mère et sa grand-mère étaient des couturières brodeuses et Sara avait commencé à coudre ses premiers boutons à cinq ans. Elle manie l'aiguille comme un chevalier du Moyen Âge l'épée.

Elle avait quitté son magnifique village, au bord de la mer Caspienne, dans la province de

Mazandaran, avant ses quinze ans, quand elle avait su qu'elle attendait un enfant.

Ça s'était passé dans les bois ; ç'avait été tendre et doux, puis, puissant et chavirant. C'était un homme de quarante ans qui avait une femme et trois enfants. C'était leur voisin. Il était beau, et elle, en proie aux désirs bruts qui naissent dans le corps de toute adolescente de quatorze ans. Quelques jours après leur étreinte, elle l'avait croisé, au milieu de leur rue, elle lui avait souri, il avait détourné le regard, fui elle et ses yeux brillants d'amour, en rentrant rapidement chez lui. Elle avait alors compris que c'était sans lendemain. Elle se savait fautive et coupable. Le mois suivant, au lieu de ses règles, elle avait eu des nausées.

Elle était partie à Téhéran sans parler à quiconque de sa grossesse. Elle était montée dans un bus direction Téhéran. Elle avait travaillé dans la confection, puis avait cherché un travail à la hauteur de son talent et avait été embauchée, d'abord à l'essai, puis définitivement, dans cette maison de couture de grand prestige, dont la porte n'était franchie que par des femmes souvent très plantureuses, dont les maris étaient très opulents. La devise de la maison était : « Transformer vos formes en force. » La tâche était, parfois, ardue, voire, dans certains cas, impossible, même si les trois couturières savaient mettre en valeur, autant que faire se pouvait, les corps au ventre gras et flasque, aux jambes courtes et aux seins énormes et tombants. Les deux patronnes, deux sœurs, avaient étudié et travaillé à Paris, chez Yves Saint Laurent disait-on. Elles avaient nommé leur atelier *Lâ Maisone Farânsavi*, prononciation en persan de La Maison française. Une référence. Le summum du chic, du luxe, du raffiné et du très cher dans un quartier huppé de la capitale. Aucune robe de pacotille dans cette maison. Certaines clientes, dès qu'elles franchissaient la porte de *Lâ Maisone Farânsavi*, ôtaient leur foulard Hermès et leur manteau, d'autres gardaient leur tchador noir jusqu'à la pièce privée d'essayage. La maison accueillait aussi bien les bigotes et prudes – épouses ou filles de mollahs, de députés, de ministres, de pasdarans haut gradés, de bazaris – ou celles mariées aux industriels, financiers, investisseurs et entrepreneurs… qui portaient un foulard de grande marque au milieu de la tête en guise de voile et qui vivaient entre Téhéran et l'Occident. Seul critère pour se faire faire une robe sur mesure dans cet établissement : être démesurément riche. Le carnet de commandes était plein six mois à l'avance, voire plus.

Sara avait donné naissance à un enfant sans pénis. Elle l'avait élevée seule et l'avait inscrite dès l'âge de cinq ans au judo. À sept ans, la gamine, douée, avait imité sa mère et pris l'aiguille. Sara avait demandé à ses patronnes de vivre dans l'atelier contre la moitié de son salaire. Elles avaient accepté. Elles-mêmes habitaient, toutes les deux, à l'étage au-dessus. Les deux patronnes, grandes et élégantes, s'habillaient de leurs propres créations, toujours prêtes à défiler sur le podium ; alors que Sara dissimulait son corps décharné sous des robes amples et noires. Elle parlait peu. On ne savait jamais à quoi elle pouvait penser ou rêver, la tête penchée durant de longues heures sur les tissus. Peut-être à rien. Les robes se passent de parole. Quoi qu'il en fût, elle était très inventive, une vraie créatrice dans son travail. Et ses deux patronnes étaient ravies d'avoir déniché cette perle rare. Avant de quitter sa maison, Sara avait laissé ces mots écrits sur un bout de papier à ses parents : « Ne vous inquiétez pas. Je suis partie à Téhéran pour travailler dans la confection. » Depuis qu'elle gagnait sa vie confortablement, elle leur envoyait régulièrement de l'argent, sans leur avoir jamais parlé ni de sa grossesse ni de l'existence de sa progéniture ni de son lieu de travail. Son père allait à la banque Melli de la petite ville qui était à six kilomètres de leur village et retirait la somme qui était envoyée à son nom par sa fille. Grâce à cette manne trimestrielle, la colère et l'indignation parentales s'étaient apaisées, même s'ils n'avaient aucune adresse pour joindre leur fille.

Quand elle finissait son travail et couchait sa fille, Sara naviguait sur Internet et regardait, comme ses deux patronnes, les défilés de mode et les photos des actrices américaines, françaises, anglaises, italiennes... dans des robes de soirée. D'un seul regard, elle était capable de reproduire la robe la plus sophistiquée et de l'adapter aux corps les plus disgracieux. Elle coupait et cousait avec une aisance naturelle les tissus les plus difficiles à travailler – dentelle, guipure, satin ou soie Doupion... C'est en regardant les photos des actrices de la soirée des Oscars qu'elle était tombée, par hasard, sur #MeToo. Elle-même n'était pas sur les réseaux sociaux. Elle utilisait les pages Facebook et Instagram de la maison de couture. Ses deux patronnes et bon nombre de leurs clientes, qui parlaient anglais et/ou français, avaient suivi également le mouvement #MeToo qui était devenu le sujet favori de leur conversation lors de séances d'essayage. Les avis des clientes étaient tranchés : « Elles excitent les hommes et après elles se plaignent d'être violées. Une femme n'est jamais violée sans raison. Si un homme ne viole pas ces femmes dévoyées et dénudées, c'est qu'il a des problèmes de virilité. Heureusement que grâce au voile, nos femmes sont protégées du viol », assénaient les bigotes sous le tchador.

« Ici, si jamais une femme violée osait porter plainte, on lui demanderait si elle portait correctement son hijab. Aucune de ces femmes ne s'est jamais préoccupée de l'enfer que nous subissions, alors pourquoi devrait-on se préoccuper d'elles ? Ici c'est toujours la violée qui est coupable, parce qu'elle l'a forcément cherché. Ah c'est un autre monde, l'Occident ! Tout cela ne changera rien à notre situation », se lamentaient les autres.

Sara les écoutait sans mot dire.

Dans ce pays où l'écrasante majorité des êtres sans pénis, dans son enfance, son adolescence ou sa jeunesse, a été violée, ou a subi des attouchements sexuels ; dans ce pays où aucune voix n'ose publiquement parler des abus sexuels, du viol, ou de l'inceste ; dans ce pays où des enfants sans pénis, dès l'âge de neuf ans, sont mariées à des êtres avec pénis quatre fois plus vieux, sans que l'on qualifiât cela de pédophilie ; dans ce pays où les lois écrasent les êtres sans pénis, leur font porter un voile dès l'âge de sept ans pour ne pas exciter les hommes, les gens s'en foutent de « ces stars d'Hollywood » qui crient au viol.

Les ayatollahs n'avaient pas donné l'ordre de censurer le mouvement #MeToo car ils pensaient que plus l'Occident serait sens dessus dessous, quelle qu'en fût la raison, mieux ce serait pour eux. Des gilets jaunes aux jeunes de banlieues, des nouvelles voilées aux violées, de l'impeachment de Trump au Brexit… tout prouvait à leurs yeux la déchéance de l'Occident impie. Leur cyber-armée avait reçu l'ordre d'ajouter de l'eau au moulin ; les quelques milliers d'agents d'influence iraniens en Europe et aux États-Unis avaient été encouragés également à enfoncer l'Occident décadent dans le marécage de la guerre des sexes. Faisons du bruit, faisons croire au monde que toutes les femmes occidentales seraient victimes d'abus sexuels. Divisons les Occidentaux. Montons-les les uns contre les autres. Les ayatollahs savent la faiblesse des intellectuels occidentaux, leur incapacité à se retenir : leurs pétitions et tribunes avaient fait monter, en 1979, Khomeiny sur un piédestal international. Dès qu'un chiffon rouge est devant eux, ils foncent comme des taureaux. Tribune contre tribune. Article contre article.

Les femmes contre les hommes. Les féministes contre les féminines.

Par parenthèse, dans le tohu-bohu occidental de #MeToo, en décembre 2017 et janvier 2018, bien avant le retrait de Trump de l'accord nucléaire, en mai 2018, et l'instauration de ses sanctions, le régime de Téhéran a massacré, tranquillement, dans l'impunité totale, les manifestants et emprisonnés intellectuels, journalistes, étudiants, ouvriers et chômeurs.

Très étonnamment, et sans que cela n'étonne les féministes, #MeToo n'a contaminé les musulmanes ni en France ni dans d'autres pays européens, ni dans les pays musulmans. Ni l'Inde ni la Chine, qui comptent la moitié de l'humanité, n'ont été bouleversées par #MeToo.

Sara ne savait que penser de l'agression sexuelle, du viol, de #MeToo. Elle ne s'était jamais représenté qu'elle avait été violée ou abusée sexuellement. Ça s'était passé sans violence. Elle se pensait, se savait, se vivait *coupable*. Elle avait ressassé chaque fraction de seconde de cet après-midi-là des milliers de fois ; elle avait revécu chaque sentiment et la moindre sensation de cet après-midi-là des milliers de fois : elle avait été contente de croiser leur voisin dans les bois. Elle lui avait souri, alors qu'elle n'aurait pas dû. Elle avait été émue, alors qu'elle n'aurait pas dû. Il l'avait approchée, elle était restée sur place, alors qu'elle n'aurait pas dû. Il avait posé sa main sur son épaule, elle ne s'était pas sauvée, alors qu'elle aurait dû. C'était la première fois qu'un homme la touchait et elle avait senti quelque chose, ce qui prouvait sa culpabilité. Il l'avait embrassée sur les lèvres, et elle l'avait laissé faire, alors qu'elle n'aurait pas dû. Elle ne s'était pas débattue, alors qu'elle aurait dû. Il l'avait serrée contre lui. Elle avait senti son sexe dur. Un sentiment violent l'avait fait chavirer : le désir de ce quelque chose qu'elle ne connaissait pas encore. Le goût du premier baiser sur ses lèvres, après tant d'années, prouvait, à ses yeux, sa culpabilité. Quand elle l'avait croisé dans leur rue et qu'il s'était sauvé, elle avait beaucoup pleuré, même si elle se savait fautive. La faute était à elle. Lui était un homme. Quand il l'avait approchée, elle aurait dû se sauver, mais elle était restée sur place et après, et après c'est vrai, elle ne s'attendait pas à ça, elle avait été prise par surprise, et la surprise, si elle l'avait effrayée, ne lui avait pas déplu. Après tant d'années, après avoir rejoué la scène des milliers de fois dans sa tête, elle ne savait ni ce qu'elle ressentait vraiment ni ce qu'elle pensait. C'est celle qui tombe enceinte qui est coupable. C'est comme ça. Elle avait réussi, finalement, au fil des ans, à ensevelir le souvenir de cette unique étreinte sous les tissus et les robes, et s'était consacrée à sa fille et à son travail. Et voilà que #MeToo venait de ressusciter ces quelques minutes dans les bras de ce beau voisin, dont le souvenir l'émouvait, la remuait encore après dix ans.

Donc depuis que les clientes parlaient de #MeToo et des femmes occidentales violées, Sara repensait à cet après-midi au milieu du bois où son enfant avait été conçu, sans parvenir à démêler ses sentiments confus . Elle avait dit à ses patronnes que le père de son enfant était mort dans un accident de moto et qu'elle avait quitté son village car là-bas, en tant que très jeune veuve, elle aurait été obligée de se remarier avec le premier venu.

Ce matin-là, après avoir conduit sa fille à l'école, elle avait pris un taxi et était allée chez leur fournisseur au centre-ville pour choisir des boutons fantaisie dont elle avait besoin pour une veste. Coincée dans l'embouteillage, elle voit sur le trottoir un homme devant un magasin de chaussures qui ressemble au géniteur de son enfant. Elle descend du taxi, traverse la rue, approche l'homme, le regarde de près, comme si elle allait dire à cet inconnu : j'ai un enfant illégitime de vous. Elle n'avait jamais raconté à personne ce qui s'était passé, de peur d'être jugée une mauvaise fille.

Elle continue à marcher, elle se sent opprimée. Elle monte sur un poteau électrique. Enfant, elle était la seule à grimper aux arbres, apanage des garçons. Elle reste quelques secondes sur le poteau électrique, puis enlève son foulard blanc et le brandit.

Quelques piétons s'arrêtent et la filment, d'autres passent leur chemin.

Sara ne dit mot. Pas de slogan. Pas de parole. Pas de pancarte. Juste un acte interdit. Une désobéissance à une loi !

À l'instant où elle ôte son foulard et le brandit, elle se sent libérée du poids de la culpabilité. Elle n'est coupable de rien. Elle n'est pas coupable de ne pas avoir un pénis. Elle n'est pas coupable de ce qui s'est passé dans la forêt. Elle n'est pas coupable d'être tombée enceinte. Elle n'est pas coupable d'avoir un enfant sans père, sans mari.

Parmi les passants, avec ou sans pénis, les uns pensent que c'est un acte de provocation inutile qui va lui causer de graves ennuis ; les autres, enthousiastes, admirent son audace et la prennent en vidéo, pensant que tous les êtres sans pénis devraient faire ça. Certains lui cracheraient volontiers au visage, la traiteraient de traînée sans pudeur. Pour les plus fanatiques, elle mériterait un grand châtiment : emprisonnement et coups de fouet.

Dans ce pays, c'est à coups de fouet qu'on invoque Allah et rappelle ses lois.

Une voiture de police de la morale islamique arrive. Trois agents pourvus de pénis mais dépourvus d'uniforme descendent. On les appelle *lebas shakhsi*, des criminels mercenaires : les plus dangereux.

L'un d'eux lui ordonne : descends, descends tout de suite.

Sara les ignore.

Il lève la voix : descends, tout de suite, je te dis.

Sara ne réagit pas. Elle reste mutique.

Il se fâche et crie : descends, je te dis !

Les gens qui se sont arrêtés observent la scène dont ils connaissent très bien l'issue. Plusieurs d'entre eux la filment discrètement.

Un des agents de la morale monte sur le poteau et pousse Sara par-derrière.

Elle tombe.

Elle tente de se relever aussitôt, mais deux agents l'attrapent par les bras et la tirent à terre.

Sara se débat. Résiste.

Personne n'intervient.

Le troisième, kalachnikov à la main, surveille les personnes qui les ont entourés. Les oppresseurs savent le pouvoir dissuasif d'une kalachnikov.

Les deux agents piétinent Sara sous leurs bottes en la fourrant dans la voiture.

Les gens filment la scène.

Sara est embarquée nul ne sait où.

Les agents ne violentent pas les gens qui filment. Ils savent que le film sera posté sur Internet, envoyé aux chaînes de télévision en persan, basées à Londres et aux États-Unis, regardées en Iran, mais ils ne s'y opposent pas. Dans leur logique, il est bon que les gens à l'intérieur du pays voient ces scènes et comprennent que personne ne viendra à leur secours, que ceux et celles qui les encouragent aux désobéissances pacifistes et civiques sont bien au chaud en Occident.

Ce genre de scène sème la terreur dans la population, et les dirigeants le savent. Personne, avec ou sans pénis, ne voudrait être à la place de Sara. Ils laissent les gens filmer. Il est bon que le peuple ait peur, très peur. Il est bon que les Sara les plus téméraires sachent qu'elles seront seules et que personne ne se lèvera pour elles.

Depuis 2007-2008, beaucoup d'Iraniennes, de tous âges, comme mes anciennes camarades d'université, mes cousines éloignées et même une vieille tante, postaient des photos, sans voile, sur leur page Facebook, puis

Instagram… Cet « espace de liberté virtuelle » était toléré, car non seulement il ne nuisait en rien au régime, mais occupait les jeunes qui passaient plusieurs heures par jour à regarder les photos de leurs amies et proches dans telle ou telle fête privée. Mais ôter le voile en public défiait la légitimité de la loi des ayatollahs et fragilisait la colonne vertébrale du régime.

Sara, menottée, les mains dans le dos, est sur la banquette arrière entre les deux agents. Elle ne dit rien tandis qu'ils l'insultent : « Saleté de pute, tu oses enlever ton hijab, tu te crois où ? En Amérique, c'est ça ? Tu te crois où ? Tu vas voir ce que ça va te coûter tes dix minutes sans hijab. Tu vas regretter ta stupidité ! » Un des deux agents bande ses yeux et au bout d'une heure, le bruit de la ville, les klaxons disparaissent. Sara est terrorisée. La voiture s'arrête devant des bâtiments en béton au bout d'une route poussiéreuse au milieu de nulle part. On la jette dehors. Les deux mains toujours menottées dans le dos, les yeux bandés, elle tombe par terre sur l'épaule gauche. L'un des trois attrape sa natte, longue tignasse épaisse, Sara parvient à se mettre debout et avance derrière sa natte prisonnière.

On la fait entrer dans un vaste entrepôt rempli de caisses métalliques, puis dans une petite pièce qui sert de bureau. L'homme se frotte les mains sur le corps de Sara.

— Tu perds tes cheveux. Tiens, reprends tes cheveux de merde.

Le deuxième lui détache les menottes et lui débande les yeux.

— Maintenant tu vas coopérer. Enlève tes vêtements. Puisque tu as enlevé ton voile, il faut aller jusqu'au bout. Allez. Enlève tes vêtements, dépêche-toi, lui dit-il en touchant sa tempe avec sa kalachnikov.

Elle enlève son manteau et son tee-shirt.

— Enlève-moi tout.

Elle laisse tomber son pantalon sur ses chevilles.

— Et ta culotte et ton soutien-gorge, même s'il n'y a pas grand-chose dedans.

Sara baisse sa culotte, elle a honte. Dès que son pubis couvert de poils astrakan et bouclés apparaît au milieu de ses cuisses blanches, rondes, fermes et fines, les trois pénis se dressent dans les trois pantalons.

— Mets-toi contre le bureau.

Le premier ouvre sa braguette, sort son pénis en érection et l'enfonce dans l'entrejambe de Sara.

Elle ressent la dureté du pénis qui la pénètre. Les va-et-vient brutaux irritent son vagin sec et font frotter ses os iliaques contre le bord du bureau métallique. Elle pleure.

— Ta gueule, tu me déconcentres. Ta gueule, sinon je ferai de ton visage une bouillie de sang.

Sara cesse de pleurer.

Il éjacule, se retire et recule avec dédain. Il remet son pénis dans son caleçon et ferme sa braguette.

Le sperme coule du vagin, entre les cuisses de Sara.

— Tu ne fais plus ta fière.

Le deuxième ouvre sa braguette, son pantalon reste au milieu de ses cuisses grasses et poilues ; il attrape la natte à moitié défaite de Sara, s'y agrippe et la pénètre.

— Elle est tout humide cette sale pute, c'est ça que tu voulais tu enlevais ton hijab en public pour ça c'est ça que tu voulais c'est pour ça que tu es montée sur un poteau et as enlevé ton hijab parce que tu voulais ça oui tu voulais ça...

Il débite ses mots au rythme de sa fornication, à toute vitesse. Il est très excité et tire violemment la natte de Sara. Elle est atomisée par la peur que sa nuque ne se brise. Elle ne ressent presque pas le pénis, qui est moins gros que celui du premier, dans son vagin.

Il éjacule en criant comme un sanglier. Le souffle coupé, il lâche la tignasse de cheveux. Le sperme coule entre les cuisses et descend maintenant jusqu'aux chevilles de Sara.

Il faudrait interroger la biologie : pourquoi les poils de pubis ne se dressent-ils jamais ?!

— Il a raison, tu perds tes cheveux ! rigole-t-il lui aussi, en faisant tomber la poignée de cheveux arrachée sur le corps dénudé de Sara.

C'est le tour du troisième qui confie sa kalachnikov au premier.

— Plus besoin de ça, notre gibier est docile.

Il sort juste son pénis et se colle aux fesses de Sara, attrape ses petits seins, les presse si fort qu'une douleur aiguë fait sortir un ah ! de sa bouche.

— Tu aimes ça, tu aimes ça…

Sara a le souffle coupé de douleur.

Il la pénètre, sans qu'elle sente son intrusion. En attendant son tour il avait débandé.

— Cette pute est inondée, je te nique je te nique sale pute.

Ses va-et-vient sont mous. Il se retire, lâche les seins et s'éloigne. Sans éjaculer peut-être.

À l'instant où le troisième recule, malgré la douleur aiguë dans les seins, Sara est soulagée et pense qu'elle a eu de la chance qu'aucun des trois ne l'ait sodomisée.

Le premier crie :

— Cache-toi, habille-toi. *Zanékéyé késsâfat* Saleté de femme.

Sara enfile sa culotte et son pantalon en même temps, puis son tee-shirt et son manteau, ramasse son soutien-gorge et le met dans sa poche.

— Et ton voile ? Remets ton voile ! crie le premier.

— Je ne sais pas où il est.

— Peut-être qu'il est resté dans la voiture. Va chercher son foulard, ordonne le premier au deuxième.

Sara est saisie par un violent dégoût d'elle-même : sa culotte trempée de sperme est collée à ses fesses, elle a le sentiment que le viol continue d'une façon insidieuse. Elle aimerait enlever sa culotte et la jeter à la gueule de ses violeurs.

— Cache tes cheveux de merde, lui dit le premier en lui jetant le foulard dans la figure.

— Pourquoi tu as enlevé ton voile ? Tu vois ce qui t'arrive ? Tu vois ? Crois-tu que quelqu'un va venir à ton secours ?

Sara ne dit rien.

— Dis-moi pourquoi tu es montée sur un poteau pour enlever ton hijab ?

Elle ne répond pas.

— Je t'ai posé une question.

— Je ne sais pas, répond-elle d'une voix à peine audible.

— Tu ne sais pas ! Vous entendez ? Elle ne sait pas. Eh bien, maintenant quoi ? Tu crois pouvoir poster *moi aussi me too*, c'est ça ? Tu crois que les Américains ont quelque chose à foutre de ta gueule ? C'est pour ces pétasses de putes américaines *ces me too moi aussi je me suis fait baiser*. Mais comment peut-on être à ce point conne ? Tu t'es crue où ? À Los Angeles ? T'as voulu devenir célèbre ? C'est ça ? T'as enlevé ton voile pour qu'on parle de toi ? Je voudrais juste comprendre comment fonctionne la petite cervelle d'une décérébrée comme toi. Tu te dis comme ça, je vais enlever mon voile et voir ce qui se passe ? C'est ça ? T'as cru qu'on allait te donner un prix à Hollywood ?

Sara ne dit toujours rien.

— Vous croyez qu'avec vos cheveux de merde vous allez renverser le régime ? Mais vous êtes des connes, ma foi.

Enfant et adolescente, jusqu'à ses quatorze ans et huit mois, avant qu'elle ne quitte son magnifique village à cause de sa grossesse, Sara ôtait le foulard noué sévèrement sous son cou dès que les regards des hommes s'éloignaient. Elle adorait courir dans les champs et forêts, cheveux aux quatre vents, ou au bord de la mer sous la pluie ou dans la tempête, à l'abri de tous. Elle avait toujours jalousé la liberté des garçons de son âge et chaque fois qu'elle en avait la possibilité, elle s'emparait de cette liberté qui était l'apanage des corps pourvus de pénis. Parfois, son village lui manquait au point de lui serrer le cœur. L'air pur, les champs de coquelicots au pied des collines, les champs de riz, l'odeur de la mer Caspienne, des orangers… Grandie dans une nature magnifique, elle était robuste d'esprit.

À vrai dire, coincée dans l'embouteillage, en sortant du taxi, en voyant cet homme qui ressemblait au géniteur de son enfant, elle s'était sentie oppressée par ses souvenirs, par les voitures, par la pollution étouffante, par cette ville laide qu'elle n'aimait pas, par le poids de sa culpabilité, par son secret, par tant d'années d'endurance, par son destin… Et elle avait été emportée, soudainement, par l'élan et l'audace de ses années d'adolescente, sans penser aux conséquences qu'il y aurait à s'ériger seule contre l'hypocrisie criminelle des violeurs, des maquereaux et des maquerelles bigotes, qui imposent le voile aux femmes. Ôter son voile et s'opposer seule et publiquement à cette identité figée de « musulmane », que le régime a collée au front de quarante-cinq millions de personnes sans pénis à l'aide des agents armés de kalachnikov, peut vous coûter des années de prison, sinon la vie.

— Bon, maintenant tu as deux choix. Tu vois on vous laisse choisir. Après vous dites que vous n'êtes pas en démocratie !

Les trois ricanent.

Sara a toujours la tête baissée.

— Tu as deux options. On peut te tuer et t'enterrer ici dans le désert et personne ne saura ce qui t'est arrivé, personne ne trouvera jamais ton cadavre. Deuxième option, on t'amène au poste, tu seras jugée, condamnée, à mon avis... à quinze ou à vingt ans. Mais si jamais tu dis à quiconque qu'on t'a fait venir dans cet entrepôt, je veillerai à ce que tu sois torturée et assassinée de la pire des façons en prison, et puis, tu sais très bien que si tu parles du viol, le juge avant toute chose te demandera si tu portais bien ton hijab, si tu n'avais rien fait pour nous exciter. Les deux témoins oculaires ici présents – il désigne de la main ses deux collègues – diront que tu t'es déshabillée devant nous.

Ils ricanent à nouveau tous les trois.

Sara a toujours la tête baissée.

— Tu n'as aucune chance contre nous, tu seras humiliée et tu auras cent à cent quatre-vingts coups de fouet en plus, pour prostitution. Tu vois une prostituée porter plainte ? Alors, tu préfères être enterrée ici ou être emprisonnée ?

En vérité, s'ils pouvaient tuer Sara et l'enterrer en douce, ils l'auraient fait. Mais sur la vidéo qui sera postée sur Internet et diffusée sur les chaînes de télévision basées en Occident, on verra Sara sans voile sur le poteau et leurs visages à eux. Sa disparition risque de faire beaucoup de bruit et de provoquer un scandale qui leur coûterait cher.

— Alors tu préfères quoi : être enterrée ici ou être jugée et emprisonnée ?

Après ce qu'elle vient de subir, Sara ne ressent rien. Aucune pensée, aucune émotion, aucune peur, aucune honte, aucune inquiétude, aucune colère. Absolument *rien*. Ses yeux sont vides. Elle ne ressent même plus sa culotte trempée de sperme. On peut se demander s'il est possible biologiquement que l'amygdale, l'hypothalamus, le cortex médian, l'intestin surnommé deuxième cerveau, tous les réceptacles d'émotions soient en même temps désactivés comme si quelqu'un avait débranché le courant qui permettait le circuit neuronal. Il faut croire que si, car Sara est absente à elle-même ; elle est comme un objet. Comme une chose usée, cassée, qu'on jette à la poubelle.

— Alors, tu veux qu'on t'enterre ici ou qu'on t'emmène pour être jugée et emprisonnée ? crie-t-il.

Tête baissée, elle ne dit toujours rien.

— Tu commences à m'énerver, tu veux quoi, mourir tout de suite sur place ou pas ? Tu réponds ou tu veux que je te fasse parler ?

— Je ne sais pas, répond Sara avec l'indifférence de Dieu.

— Tu ne sais pas. Comment ça, tu ne sais pas. Qu'est-ce que tu ne sais pas ?

— Comme vous voulez, répond-elle, comme si on lui demandait si elle voulait du thé ou du café.

— Je ne peux pas décider à ta place. Qu'est-ce que vous dites, vous deux ? Qu'est-ce qu'on en fait ?

— Allez, on l'emmène. On la gracie.

On menotte à nouveau les deux mains de Sara dans le dos, bande ses yeux, la fait sortir et monter dans la voiture.

Une heure plus tard, ils rendent Sara aux femmes en tchador dans le commissariat.

— Celle-là, vous n'allez pas le croire, elle était montée sur un poteau électrique et brandissait son foulard blanc. Elle s'était crue aux Jeux olympiques !

Une des deux femmes en tchador pousse Sara dans une pièce et la fouille. Le contact de ces mains intrusives ravive celui de ses violeurs sur son corps. Elle tressaille, éclate en sanglots comme si elle venait de prendre conscience de ce qu'elle avait subi, de la situation dangereuse dans laquelle elle s'était mise en enlevant son foulard en public.

— Arrête, arrête ton cinéma, lui crie le tchador noir, en la jetant dans une petite cellule où trois femmes, arrêtées à cause de leur *bad hijabi*, mauvais hijab, croupissent à même le sol.

Ses deux patronnes, très inquiètes, avaient appelé plusieurs hôpitaux, craignant qu'elle n'ait eu un accident. Son attitude sage et docile et son apparence sobre, jamais maquillée et toujours habillée d'un long manteau noir, ses cheveux en natte bien cachés sous le voile, rendaient impossible l'hypothèse d'une arrestation par les agents de la morale. Ce n'était pas le genre de fille qu'on arrête à cause d'un voile tombant, de trop de maquillage ou d'une attitude légère dans la rue.

La nuit, les deux patronnes avaient fait monter la fille de Sara à l'étage et l'avaient endormie en l'assurant que rien de grave n'était arrivé à sa maman.

Le lendemain soir, elles étaient toujours sans nouvelles de Sara, même si elles avaient envoyé une photo d'elle à tous les services d'urgence des hôpitaux de Téhéran. Vers dix heures du soir, alors qu'elles commençaient vraiment à se faire du mauvais sang, elles ont crié d'effroi d'une même voix, en voyant l'image de Sara, tête nue, brandissant son foulard blanc, sur la chaîne Manoto basée à Londres. La chaîne diffuse quotidiennement des vidéos amateur envoyées d'Iran. Elles n'en croyaient pas leurs yeux.

Dès le matin, les patronnes ont appelé leurs clientes importantes – femmes de ministres, de députés, de pasdarans haut gradés, d'ayatollahs, de bazaris très influents… – pour qui Sara avait fait des robes, afin de leur expliquer qu'elle avait des mains exceptionnelles pour la couture mais qu'elle souffrait de déficience mentale, qu'elles l'avaient prise sous leur protection, mais qu'elles ignoraient qu'elle pouvait être capable d'une telle chose… elles avaient supplié leurs clientes d'intervenir auprès de leurs époux pour leur dire que Sara souffrait de déséquilibre mental et qu'en vérité elle était une femme très pudique et très docile.

L'argument avait fait son effet sur les épouses des hommes puissants qui n'avaient jamais entendu Sara parler, et avaient apprécié, lors des essayages, sa discrétion, sa douceur et sa gentillesse silencieuse.

Nul n'a jamais su grâce à l'insistance et au plaidoyer de quelle épouse, grâce à l'influence et l'intervention de quel époux puissant, Sara fut libérée trois mois plus tard. Alors que d'autres êtres sans pénis arrêtées pour avoir ôté leur voile en public avaient été condamnées à quelques dizaines d'années de prison.

Dès la quatrième semaine de son arrestation, Sara avait eu des nausées au lieu de ses règles. À sa sortie, elle ne retourna pas dans la maison de couture, laissant son enfant à ses deux patronnes, qui s'étaient attachées à la gamine.

Sara disparut.

Tuez vos femmes !
Il n'y aura pas mort d'homme !

Il a tué sa femme.

« C'était un accident, je ne voulais pas tirer, seulement lui faire peur ; elle s'est jetée sur moi pour prendre le pistolet et la balle est sortie toute seule », avait-il raconté.

La balle, et les quatre autres balles. Cinq balles avaient perforé le corps de sa femme.

Ça s'était passé tôt dans la matinée. Après avoir pesé le pour et le contre, il s'était rendu au commissariat central.

Il avait été reçu avec le respect et l'égard dus aux hommes importants, et conduit aussitôt dans le bureau du chef du commissariat, qui, flatté d'avoir la visite inopinée d'un homme politique de cette envergure, l'avait reçu également avec un grand respect et une servilité obséquieuse.

Important, il l'est. Homme politique très médiatique, il a été ministre de l'Éducation, maire de Téhéran, et il est le premier conseiller du président Rohani.

Après les *salam o Aleikom* et les longs échanges d'amabilités, d'une voix à peine audible, il avait confié être venu pour une affaire délicate.

— Je suis très embêté. J'ai… enfin, j'avais des problèmes conjugaux, et, ce matin il y a eu un accident ; j'ai pris le pistolet pour faire peur à ma femme ; je ne voulais pas tirer, mais seulement lui faire peur, elle s'est jetée sur moi et la balle est sortie toute seule. Elle est morte.

— Ah !

Le chef du commissariat, en entendant « une affaire délicate », avait pensé à une enquête concernant un détenu qui aurait un lien avec les services secrets ou à une affaire de corruption. Surpris, il essaya de deviner la requête du conseiller du président. Après quelques secondes de silence qui pesèrent lourd, car le silence n'est pas, en général, une attitude bienvenue en Iran, ni dans une telle circonstance ni dans aucune autre. Il ouvrit la bouche et ne sachant que dire, demanda :

— À quelle heure la mort a-t-elle eu lieu ?

— Il y a deux heures à peu près. Il y avait beaucoup d'embouteillages.

— Pardonnez-moi de vous poser cette question, c'était votre première femme ou la deuxi… ?

— Ma deuxième femme, répondit-il promptement.

— La première est toujours… ?

— Oui, oui, je n'ai aucun problème avec ma première épouse.

Il a soixante-sept ans. Il vient de tuer sa deuxième épouse qui avait trente-cinq ans. La première est toujours vivante et toujours son épouse. Preuve suffisante aux yeux du chef du commissariat de Téhéran qu'il n'est pas un assassin, et qu'il n'a pas tiré sur sa deuxième épouse sans une bonne raison.

Un homme frappe à la porte et entre avec un plateau de thé. « C'est un grand honneur de vous recevoir, monsieur le maire », dit l'homme avant de servir le thé – « monsieur Najafi était aussi ministre de l'Éducation, et il est le premier conseiller du président », complète le chef du commissariat s'adressant à son assistant ; fier qu'un homme d'une telle importance se confie à lui, et surtout, se trouve dans une situation assez délicate pour solliciter son aide.

L'homme quitte la pièce et l'ancien maire de Téhéran, ancien ministre de l'Éducation et premier conseiller du président Rohani dit :

— C'était vraiment un accident. Même si elle était jalouse, soupçonneuse, colérique et suspicieuse, je ne voulais pas la tuer, c'était un accident.

— Ce sont des choses qui arrivent. Tout le monde a ses accès de colère. Et puis, qu'est-ce que c'est qu'un accident, par exemple, pour ce Marx que vous évoquez souvent ? lance le chef du commissariat d'un air réfléchi.

Il savait que le conseiller du président avait étudié, avant la révolution islamique, aux États-Unis (il avait obtenu en 1978 un master en mathématiques du Massachusetts Institute of Technology), mais surtout qu'il avait des prétentions philosophiques et citait, souvent, au beau milieu de ses phrases en persan, des noms de philosophes étrangers, notamment ce Marx dont le chef du commissariat ne connaissait que le nom.

Confus, le conseiller du président balbutie quelques mots :

— Oui, tout à fait. Beaucoup de choses arrivent dans nos vies accidentellement, sans que nous les ayons décidées ; c'est pourquoi Sartre, le philosophe français, parle de l'existentialisme !

Le chef du commissariat central de Téhéran, qui n'a même pas saisi la prononciation des deux mots étrangers, « Sartre et existentialisme », hoche la tête en signe d'approbation en répétant : oui, oui, tout à fait. Vous avez tout à fait raison.

Le conseiller du président, qui avait beaucoup voyagé à l'étranger, savait que les gens étaient facilement impressionnés par ce qu'ils ne connaissaient pas, ni ne comprenaient. Rien de mieux que quelques noms étrangers pour se donner un air savant, rendre une phrase dénuée de sens alambiquée, impressionner vos interlocuteurs et obtenir leur adhésion sans condition à votre cause, sans même qu'ils saisissent de quoi il s'agissait. L'ancien maire de Téhéran, ancien ministre de l'Éducation et actuel conseiller du président avait la réputation d'être un homme « cultivé » et un « réformateur ». Opposé aux conservateurs, souvent réputés incultes, dont le chef du commissariat central faisait partie.

— Pourquoi vous n'avez pas divorcé au lieu de…, je veux dire au lieu d'attendre qu'un accident arrive ?

— Je lui avais proposé plusieurs fois de divorcer, mais elle avait refusé. Je me sentais piégé.

Or c'est l'homme qui « donne le divorce » comme on dit littéralement en persan. *Talagh dadan.* Le consentement ou même la présence de l'épouse n'est pas nécessaire. L'homme n'a pas besoin d'évoquer le moindre motif. Quand un mari ne veut plus de son épouse, la chose paraît limpide et claire au regard de la loi qui donne aux hommes, officiellement et institutionnellement, le droit à la répudiation. Les deux hommes, comme tous les Iraniens, savent ce qu'il en est du droit au divorce, mais la politesse et la bienveillance feintes empêchent le chef du commissariat de mettre en cause la parole du conseiller du président frontalement.

— Je vous comprends ; vous devez être éprouvé, compatit-il, buvez votre thé, on va trouver une solution.

Il met un morceau de sucre dans sa bouche et boit sa tasse de thé, glop glop.

— Vous auriez dû au moins nous prévenir ! On l'aurait enfermée pour trouble psychiatrique et vous ne vous seriez pas trouvé dans cette situation.

— Vous avez raison, j'aurais dû, alors que maintenant je me suis mis dans une situation qui pourrait me mettre sur le banc des accusés. Je suis vraiment embêté.

— On va essayer de trouver une solution, ne vous inquiétez pas. Je ne voudrais pas vous offenser, mais si vous permettez, nous pourrions ensemble envisager plusieurs hypothèses.

— Je vous en prie, allez-y.

— Voilà. Vous voyez, il y a plusieurs voies qui peuvent vous innocenter. Par exemple, encore une fois, je vous demande pardon, je ne voudrais pas vous manquer de respect, mais est-ce qu'elle avait des contacts avec d'autres hommes, même téléphoniques ? Ou est-ce qu'elle faisait ses prières ? Respectait-elle la morale et la religion ? Respectait-elle son hijab ? Vous comprenez, il y a des pistes à creuser. Si vous la soupçonniez de fréquenter ou de contacter d'autres hommes, là, vous seriez dans votre droit et exempté de toute charge, ou si vous témoignez qu'elle ne croyait pas au prophète et à la religion, vous serez également lavé de toute accusation. Dans les deux cas, adultère ou blasphématrice, elle sera *mahdourodam* – sang sans valeur – et aux yeux de la loi, le dossier est clos avant même d'être ouvert. Il suffit de nous donner des photos d'elle sans hijab, dans une soirée par exemple, même familiale. En ce moment, avec ce mouvement des femmes impures, influencées par des militantes au service de l'Amérique, qui ôtent leur voile dans des lieux publics, on pourrait l'accuser de collaborer avec des ennemis étrangers.

Dans la voiture, sur le chemin du commissariat, il avait pensé à ces options, et pour ne pas essuyer le déshonneur d'avoir été cocufié par sa femme, il avait opté pour le blasphème, mais il avait pensé que le chef du commissariat pouvait l'aider à traiter le problème en toute discrétion.

— Il faut faire venir les médias. Et le plus tôt possible, s'enthousiasme le chef du commissariat.

— Pourquoi les médias ? Je pensais que vous pourriez m'aider à résoudre ce problème entre nous sans que…

— Je vais vous parler franchement, puisque vous êtes des nôtres et connaissez le fonctionnement du système. Je sais que j'ai une dette envers vous, je ne l'ai pas oubliée. Mais, si je ne me trompe pas, le frère et le père de votre défunte épouse sont des gens très influents et très riches et ne sont pas étrangers au fonctionnement des services secrets.

— Oui. Tout à fait. C'est pourquoi je pensais que vous pouviez m'aider, je ne veux pas causer des problèmes au président alors que le gouvernement est dans une situation délicate.

— Eh bien, je comprends vos soucis, mais on ne peut faire ce que vous demandez. Si c'était la fille de quelqu'un d'ordinaire, même très riche, j'aurais envoyé mes hommes en civil, ils auraient nettoyé la scène et vous auriez déclaré sa disparition, mais dans le cas de votre femme, c'est impossible, son père et son frère font disparaître des gens tous les jours et ils ont des réseaux partout, y compris dans mes services. On ne peut pas leur faire croire que leur fille a disparu. Ce sont des maîtres en la matière. Je vous aurais rendu ce service si c'était dans mes cordes… Il ne vous reste que le choix de faire intervenir les médias et rendre la chose publique. Vous aurez une longueur d'avance sur votre belle-famille et diminuerez leur capacité de nuisance à votre égard.

— Comment ça ?

— C'est simple, vous savez comme moi que, si la médiatisation d'une accusation non fondée est terriblement préjudiciable à une personne innocente et entache à jamais sa réputation, la médiatisation maîtrisée et programmée d'un crime avoué est très profitable au coupable. Nous allons faire une mise en scène de votre aveu, le filmer et l'envoyer au journal de vingt heures des chaînes principales. Vous allez capter l'attention de tout le pays. Les uns diront une chose et les autres mille autres, peu importe, tant que les gens parlent de vous, en bien ou en mal, c'est bon pour votre cause. On donnera quelques informations vagues pour pouvoir manipuler le déroulement de l'histoire. Il suffit de dire sincèrement que vous ne vouliez pas tirer, seulement lui faire peur, qu'elle s'est jetée sur vous et que la balle est sortie accidentellement. Et surtout vous répétez et insistez sur « le caractère spécifique de votre femme », sans donner de précisions, qui vous a amené à commettre cette erreur dont vous assumez en partie la responsabilité. Cela mettra la puce à l'oreille de votre belle-famille. Votre beau-frère saura que « le caractère spécifique » de sa sœur pourrait l'éclabousser et lui être très nuisible. Soyez serein, un homme de votre importance ne sera pas jugé coupable pour une erreur. Et puis, vous rendrez service au président et au régime. Ça va occuper les gens, et par ces temps difficiles, ça détournera pour un temps l'attention de l'inflation, de la pollution, de la corruption et du chômage… La vie des célébrités, ça intéresse tout le monde. Vous êtes une célébrité. Faites du cinéma ! Il faut faire de cette affaire un feuilleton télévisé, comme le font les Américains. Vous qui avez étudié là-bas, vous le savez mieux que moi ; il faut apprendre de tout le monde, y compris de ses ennemis. Tout se passera bien. Au pire, vous payerez le *diheh* (le prix du sang versé).

Il pensa au fond de lui que c'était l'ironie du sort, la mort de sa femme qui voulait devenir actrice allait devenir un feuilleton médiatique.

Une heure plus tard, une équipe professionnelle de la première chaîne nationale était au commissariat pour filmer l'aveu.

Le soir même, sur toutes les chaînes, on voyait l'ancien ministre de l'Éducation, ancien maire de Téhéran et actuel conseiller du président Rohani entrer dans le commissariat, être reçu par des policiers qui s'inclinaient en signe de révérence, on voyait également l'homme qui lui servait le thé, et le chef de la police à qui l'ancien maire de Téhéran avouait, avec un flegme imperturbable, avoir tiré accidentellement sur sa femme. Face à la caméra, il reconnaît sa part de responsabilité dans ce qui s'est produit, mais accuse le « caractère spécifique » de sa femme. Un policier, face à la caméra, montre à mains nues l'arme avec laquelle, dit-il, les cinq balles ont été tirées accidentellement.

La mise en scène, la lumière, le son, l'aveu, les jeux d'acteurs sont ceux d'une mauvaise série télévisée.

Le salon est inondé de soleil et le couloir de sang.

La musique traditionnelle et la voix du chanteur classique, Shadjarian, résonnent dans le penthouse de cinq cents mètres carrés avec deux grands salons, une salle à manger, une grande cuisine, cinq chambres à coucher, cinq salles de bains, un sauna, un jacuzzi et la très grande terrasse qui encercle l'appartement.

Elle va dans la salle de bains, l'ancien maire de Téhéran, ancien ministre de l'Éducation, et premier conseiller du président Rohani, son mari donc, la suit et lui demande :

— Qu'est-ce que tu vas faire de ta journée ?

— Ça ne te regarde pas.

— Ne me réponds pas comme ça.

— Est-ce que moi je te demande ce que tu fais de tes journées ?

— Je travaille, moi.

— Ah oui ! mais qu'est-ce que tu fais au travail avec tes assistantes ?

— Qu'est-ce que tu insinues ?

— Je ne sais pas, on n'est pas dans un régime islamique, pourquoi tu n'as pas des hommes pour t'assister ? Tu es menteur, tricheur. Tu crois quoi ? Que je vais rester enfermée ici, pendant que tu traficotes avec tes jeunes assistantes qui papillonnent autour de toi ? Pendant que tu rends visite à ta première femme ? Est-elle encore baisable au moins ?

— Si tu continues, je vais te faire taire. Ferme ta gueule ou ça va mal finir.

— Plus mal que ça ? Tu m'avais promis que tu n'irais plus la voir. Pour toi, j'ai renoncé à ma carrière d'actrice et tu continues à baiser ta première femme.

Elle avait eu de petits rôles dans quelques séries télévisées.

— Tais-toi, sinon je vais te faire taire pour de bon.

— Je ne suis pas une fille sans famille, tu lèves la main sur moi et tu auras affaire à mon père et à mon frère.

— Tu me menaces ? C'est ça ? Tu me menaces avec ton assassin de frère ?

— Oh ! Parce que toi, ton copain président et sa bande, vous ne l'êtes pas ?

— Je vais te faire taire définitivement si tu continues.

— Tu lèves la main sur moi, je te jure que je dévoilerai tes combines, tes milliards de dollars blanchis. Tu crois que je ne suis pas au courant de vos magouilles, de vos corruptions avec ton président et son voleur de frère… à qui j'ai apporté des voix.

Comme beaucoup de célébrités, réalisateurs, acteurs et actrices, elle avait appelé à voter pour Rohani, même si elle était davantage connue comme femme de, que comme actrice.

— Tu oses me menacer, moi ? Tu vas voir. C'est ton dernier jour. Je ne suis pas faible au point de permettre que ma femme me menace.

Il va dans la chambre et revient dans la salle de bains avec un pistolet. Il le pointe vers elle :

— Tu me menaces encore ?

Elle prend peur, crie.

Le conseiller du Rohani tire la première balle.

Elle hurle. La balle rafle son bras et entre dans le mur. Elle sort de la douche.

L'ancien maire de Téhéran tire la deuxième balle.

La balle touche superficiellement sa hanche et entre encore dans le mur. Sous le choc, elle titube vers le couloir.

L'ancien ministre de l'Éducation tire rapidement la troisième balle.

Sa hanche est touchée. Elle tombe par terre.

Le grand ami de Djavad Zarif tire une quatrième balle.

Son épaule est perforée. Elle ne crie plus, gémit seulement. Le sang coule à flots.

Son mari tire enfin la cinquième balle.

Il a visé le cœur mais la balle est entrée dans sa gorge. Le résultat est tout aussi satisfaisant. Elle a cessé de gémir, de bouger, de respirer en moins de dix secondes.

Il reste devant le corps gisant tombé dans le couloir, devant la salle de bains.

Shadjarian chante toujours.

Il enjambe le cadavre de sa femme et pousse du pied le tapis rectangulaire en soie avant que le sang ne coule dessous et le tache.

Il reste encore quelques secondes devant son œuvre : le corps se vidant de son sang.

Il respire profondément.

Il est étonné par son propre flegme. Aucun signe de panique. Maintenant qu'elle est sans vie, sans voix pour crier, pour l'insulter, pour l'humilier, pour l'accuser de vol, de charlatanisme, de corruption, de crime, maintenant qu'elle ne peut plus le menacer, le dénoncer, il se sent apaisé.

Il va dans le salon. Ouvre la grande baie vitrée et sort sur la terrasse face à la chaîne de montagnes Damavand. Il jette un coup d'œil en bas, dans le grand jardin privatif qui entoure leur luxueux gratte-ciel, il y a des voisins qui font leur jogging. Il sort son portable de sa poche, consulte ses sms et ses e-mails. Il est attendu au travail. Journée très chargée. Des réunions importantes.

Le meurtre n'était pas à l'ordre du jour. Non qu'il n'y ait jamais pensé, mais il ne l'avait pas programmé. En tout cas, pas pour ce matin.

Il retourne dans le couloir, va dans la chambre et cherche le portable de sa femme. Vérifie ses messages. Un sms de son frère. Il ne supportait pas son beau-frère ; son ex-beau-frère à présent. Il répond à la place de sa femme : « Dîner annulé. Désolée. Je t'appelle plus tard. Pas de batterie. » Il éteint le téléphone.

Il va dans la cuisine, ouvre le frigo et se sert un verre de jus d'orange.

Son téléphone sonne. « Votre rendez-vous vous attend depuis un quart d'heure, et votre réunion est dans à peine trente minutes », lui dit son assistante.

Il revient dans le couloir. Il aurait voulu que le corps, le sang disparaissent de sa vue, de son appartement, de sa vie. S'il en avait eu le pouvoir, il l'aurait fait. Il ne regrette pas son acte, seulement son incapacité à faire disparaître le corps. Il se sent bien, maintenant qu'elle n'existe plus. Plus jamais elle ne pourra le rabaisser, l'humilier, l'insulter, le menacer.

Il se change par précaution, pour s'assurer qu'il n'est pas taché de sang. Il sort de chez lui, ferme les deux serrures à clé, prend l'ascenseur et descend. Le gardien de l'immeuble le salue avec révérence. Son garde du corps lui ouvre la porte puis la portière. Il s'affale sur la banquette arrière. Le chauffeur le salue et démarre. À la sortie de l'espace privatif du terrain, devant la grille et le box du gardien des lieux, il aperçoit leur femme de ménage – Stop ! ordonne-t-il au chauffeur. Il baisse la vitre et avant que la femme de ménage n'ait le temps d'approcher la voiture, il lui dit : Rentrez chez vous, ma femme ne sera pas là.

— Ah bon ! Bonjour monsieur..., elle m'avait dit que ce soir vous auriez des invités.

— Rentrez chez vous, répond-il seulement.

Le gardien des lieux, devant la grille, qui a entendu l'ordre du conseiller du président, le salue de la tête en s'inclinant, pousse dehors la femme de ménage.

Il appelle sa secrétaire : dites à mon rendez-vous que je ne peux pas le recevoir aujourd'hui et annulez ma réunion, puis au chauffeur : allez au commissariat central.

Il connaît bien le chef du commissariat. Il avait embauché son fils comme adjoint lorsqu'il était maire de Téhéran. Et ils ont eu ensemble à régler plusieurs affaires délicates dans le passé.

Ce meurtre a pris, comme une série populaire, une ampleur médiatique nationale ; il a été relaté par les journaux et médias iraniens en Occident, puis, comme une affaire politique, dans des journaux américains, canadiens, et européens. Mais pas chinois, ni russes.

Journaux, radios, chaînes de télévision iraniens ont suivi les épisodes, les témoignages, les aveux, le procès, tout en répandant les rumeurs à propos du « caractère spécifique » de la défunte.

Tout s'était déroulé comme le chef du commissariat de Téhéran l'avait prédit. Ici et là, on lisait que sa femme ne croyait pas au prophète, ne respectait pas l'islam et qu'elle serait une *mahdourodam*. Sang sans valeur. Dans d'autres journaux, on lisait, sans aucune preuve à l'appui, qu'elle aurait eu des contacts téléphoniques avec des hommes et qu'elle aurait été une adultère potentielle et serait donc *mahdourodam*. D'autres articles soulignaient son « caractère spécifique » qui suscitait la curiosité, soulevait beaucoup d'hypothèses et d'interrogations. La surenchère des scénarios les plus tordus à propos du « caractère spécifique » de la défunte qui avait perdu, déjà, aux yeux de certains, son statut de victime avait fait couler beaucoup d'encre. Il avait été même évoqué, dans certains journaux, qu'elle avait été une espionne au service de l'on ne savait pas trop qui, mais une espionne qui avait épousé le conseiller de Rohani dans le but de faire des rapports sur ses activités, à l'intention l'on ne savait pas non plus de qui. Beaucoup affirmaient qu'accuser le premier conseiller du président, c'était un complot pour salir la réputation de Rohani et de son gouvernement et empêcher les projets de « réformes ». Bref, le procès médiatique de l'assassin – qui avait catégoriquement refusé le terme assassin – était transformé en procès d'intention de la victime et de celle des « conservateurs » qui voulaient la défaite des « réformateurs ». La question de savoir si oui ou non elle méritait d'être abattue comme une chienne n'intéressait personne.

Le chef du commissariat avait dit à un journaliste : plusieurs « pistes » condamnaient, préalablement à l'accident, l'ancienne épouse du conseiller du président. Il s'était appliqué à faire une phrase alambiquée, tout en évitant soigneusement les qualificatifs victime, meurtre ou assassin.

L'affaire s'apparentait, pour beaucoup, à un règlement de comptes entre mafieux.

Sur les réseaux sociaux les internautes se défoulaient.

Les commentaires et les blagues affluaient.

« Ils veulent nous occuper l'esprit avec un nouveau numéro ! »

« Pourquoi il a tué sa femme, je m'en fous. Pourquoi je ne suis pas payé depuis six mois, c'est ça qui m'intéresse ! »

« Quoi ? Une femme est morte ? Eh bien, il y en a des centaines d'autres assassinées par le régime ! Pourquoi on n'en parle pas ? »

« Un mari tue sa femme, le dîner manquait de sel ?! »

« N'ayez surtout pas un caractère spécifique, ça peut vous être fatal ! »

« Pour une fois qu'ils s'entretuent entre eux ! »

« Il a tué sa femme, il est assez riche pour payer le prix de son sang. Où est le problème ? »

« Riche comme il est, il peut en tuer des dizaines, des centaines, ça ne vaut pas cher la vie d'une femme ! »

« Eh oui, c'est comme ça, c'est au rabais ! »

« Il a tiré sur sa femme par accident : Bang. Bang. Bang. Bang. Bang ! Quel accident ! »

« Vous exagérez, il n'y a pas eu mort d'homme quand même ! »

Ce meurtre coïncidait avec la faillite économique et les arrestations quotidiennes des ouvriers, des retraités, des minorités religieuses et ethniques et des femmes qui ôtaient leur voile… Le feuilleton médiatique tombait très bien pour le président et son gouvernement qui étaient dans le pétrin. Le ministre de la Santé venait de faire une gaffe : il avait dénoncé sur son compte Twitter la disparition pure et simple d'un milliard et demi de dollars de son budget et plus généralement la corruption pandémique ! Les dirigeants de tous bords s'accusaient publiquement de corruption.

Le feuilleton médiatique dura quelques longues semaines, puis le procès, diffusé par la télévision, eut lieu, comme si la justice n'avait aucune autre préoccupation dans un pays de quatre-vingt-cinq millions d'habitants et quelques dizaines de milliers de prisonniers politiques…

Le frère et le père de la défunte avaient reçu des appels anonymes les menaçant d'être inculpés pour corruption, s'ils ne retiraient pas leur plainte contre le conseiller du président ; et en même temps, plusieurs ayatollahs de l'assemblée des experts – *Majles Khobregan*, composée de quatre-vingt-six ayatollahs, dont la tâche est, entre autres, de régler les conflits internes du régime, en jouant le rôle de médiateurs entre différents appareils ou dirigeants – étaient chargés de la part du Guide suprême lui-même, d'amadouer le frère et le père de la défunte et de les convaincre de pardonner au conseiller du président, en leur rappelant que, si un peu de scandale était bénéfique, trop de scandale pouvait être nuisible à tous, que l'intérêt du régime devait primer sur tout conflit interne, sur toute division, sur toute animosité, sur toute rancune ou haine. Animés au début par le désir de vengeance, vindicatifs et accusateurs, le frère et le père de la défunte ont été obligés, finalement, de retirer leur plainte « volontairement » et de reconnaître publiquement les qualités de ce grand homme pieux qu'était le conseiller de Rohani !

Faute de plainte, malgré le corps criblé de balles, malgré l'arme du crime, malgré l'aveu, il n'y avait eu ni meurtre, ni victime, ni coupable, ni assassin.

L'affaire était close. Il n'y a pas mort d'homme. Passez votre chemin.

Mais la sagesse des ayatollahs a voulu que le conseiller du président soit condamné à une amende pour la possession d'une arme à feu dont il n'avait pas le permis. Selon certains journaux, il avait oublié de renouveler son permis.

Je m'en vais

L'écriture de ce roman m'est plus difficile que celle des précédents. J'ai dû reléguer le persan pour pouvoir m'emparer du français, pour en faire ma langue, la langue de mon inconscient, de ma psychanalyse, de mes rêves, de mon écriture, la langue de mon imaginaire. Je ne lisais et n'écoutais rien en persan durant les mois d'écriture. Or, depuis un an, je lis et écoute tous les jours les nouvelles en persan, mais pense mes phrases et imagine mes personnages en français. Jamais le persan n'a été si présent dans mon esprit durant les années d'exil que maintenant, jamais les mots persans ne se précipitaient ainsi dans ma tête pour obstruer la voie du français. Je me sens écartelée, mentalement, émotionnellement, entre le français et le persan. Les mots de mon enfance, de mon adolescence et de ma jeunesse se dressent face aux mots français pour se venger. Deux mondes s'affrontent dans ma tête, devenue un bouillon de langues.

Comment dire la désolation accablante qui m'afflige lorsque je pense à mon pays de naissance, cette douleur qui me serre le cœur, qui rétrécit ma cage thoracique ; comment dire cette colère qui me coupe le souffle ; ce mélange de culpabilité congénitale et de rage impuissante qui me terrasse.

Depuis que les manifestations pacifiques dans plus de cent cinquante villes ont débuté en Iran, je n'ai pas été capable d'écrire. Le régime a ordonné de tirer à balles réelles sur les gens dès le premier jour, beaucoup sont morts d'une balle dans la tête. Il a coupé Internet pour massacrer femmes et hommes à l'abri des regards ; les pasdarans ont arrêté, en moins d'une semaine, quelque huit mille personnes, ils torturent, y compris les blessés. Dans la soirée, ils ont débarqué dans les dortoirs et ont embarqué les étudiants qui avaient manifesté pacifiquement dans la journée. Ces jeunes femmes qui courent dans les rues de Téhéran me rappellent ma révolte avortée contre le régime de Khomeiny dès son avènement. Je m'identifie à elles, aux étudiantes arrêtées, je m'imagine à leur place dans les cellules.

Je lis un article qui explique le degré de sophistication du système qui a permis de couper totalement Internet dans un pays aussi vaste que l'Iran avec une telle rapidité, tout en préservant son usage pour l'État et les dirigeants qui continuaient à tweeter. Les opposants, les militants des Droits de l'homme, la diaspora, tout le monde a été pris de court. Le régime avait tout prévu depuis des mois, depuis des années à vrai dire, il s'est doté de moyens efficaces pour réprimer toute contestation, toute manifestation rapidement, brutalement, sauvagement, à l'abri des regards. Encore une fois, les mollahs ont été sous-estimés. Cela fait quarante ans qu'on les sous-estime : depuis que Khomeiny, habitant dans la banlieue parisienne, a ensorcelé, avec son turban et son regard noirs, journalistes, politiques et intellectuels du monde entier. Je ne savais pas qu'il serait possible techniquement de couper Internet dans tout un pays, mais j'avais écrit, j'avais mis en garde en prévenant que les ayatollahs, pires que Assad, ne reculeraient devant rien pour massacrer la population, pour préserver le pouvoir.

Je sors du roman. Oui, je sors du roman. Je viens d'un pays où le régime piétine tous les droits, je viens d'un pays où j'aurais pu être exécutée à l'âge de treize ans, d'un pays où on tire à balles réelles sur les manifestants pacifistes ; je viens d'un pays où les dirigeants refusent de donner le nombre des morts, des blessés et des personnes arrêtées. Reuters a annoncé mille cinq cents morts. Reuters se trompe : le nombre des morts est beaucoup plus important. Le régime n'aurait pas coupé Internet durant dix jours pour tuer seulement mille cinq cents personnes à travers cent cinquante villes. Plus que les morts, ce sont les blessés par balle, quelques milliers qui ont été amenés en prison et qui subissent la torture, qui hantent mes nuits. Je viens d'un pays où les criminels du régime vont dans les hôpitaux pour arrêter les blessés, pour les conduire à la torture, d'un pays où le régime refuse de donner les dépouilles à leurs familles, leur interdit d'organiser des funérailles.

Je viens d'un pays dont le régime n'a aucun respect pour la vie humaine, alors comment voulez-vous que je m'impose le respect des règles des romanciers occidentaux ? Comment voulez-vous que je puisse continuer à échafauder une fiction alors que mes compatriotes sont massacrés à huis clos ? Je ne respecte plus les règles d'aucune fiction, les règles d'aucun romancier. Je hais de toutes mes forces l'État islamique. Je ne parle pas de Daech, je parle d'un vrai État islamique. Celui des ayatollahs. Le mot État n'est pertinent que s'il gouverne un pays. Je parle de l'État islamique qui fait peur aux Européens au point qu'ils sont restés silencieux. Je hais ce régime depuis quarante ans à chaque respiration, d'une haine qui m'étouffe. J'écoute une interview en persan qui me révulse, preuve de la criminalité éhontée des dirigeants. À la question Pourquoi a-t-on visé la tête des jeunes pour les abattre dans la rue ? le ministre de l'Intérieur répond imperturbablement : « Ce n'est pas tout à fait vrai, on a visé aussi les jambes ! »

Je me sens coupable de vivre tranquillement en France qui a accueilli Khomeiny – l'homme qui changea la face du monde. Je me sens complice lorsque la France, l'Europe se mettent à table avec les dirigeants criminels de l'Iran. Le silence assourdissant du gouvernement français me fait mal. Le pays des Droits de l'homme ne dit mot.

Parfois, une idée suicidaire m'obsède : retourner en Iran. Je sais qu'avec les romans, les pamphlets et les articles que j'ai écrits, je serais arrêtée à l'aéroport dès ma descente de l'avion ; je sais que je serais emprisonnée et torturée, mais seule, ici, dans la petite ville où j'ai emménagé, je suis torturée mentalement. Personne à qui parler. Quitter la vie parisienne, après vingt-sept ans, a ravivé douloureusement mon sentiment d'exil. Entre l'étouffement à Paris et l'isolement, j'ai choisi le second, pensant qu'il m'apporterait, au moins, l'air pur et la tranquillité pour l'écriture ; or dans les provinces, bon nombre de citoyens votent Front national, et un accent étranger paraît, pour certains, suspect. Ne pas pouvoir retourner dans mon pays d'origine m'accable d'une tristesse profonde depuis que j'ai quitté Paris. L'Iran me manque plus que jamais. Ma famille, mes amis, les quartiers de mon enfance me manquent. Depuis trente ans, mon passé me manque.

Avant qu'Internet ne soit coupé, avant que tout le pays ne devienne un huis clos de sang et de terreur, je suivais les nouvelles, dès le premier jour de manifestation, je suivais les gens, les étudiants, les visages, les voix, les slogans, les blessés… Et d'un seul coup, plus rien, plus aucune image, plus aucun son. Aucun journaliste sur place. Aucun photographe pour montrer ce qui se passe. Aucun reporter. L'Iran a été coupé du monde extérieur avec une paire de ciseaux. L'ayatollah décide de fermer le pays comme un père qui ferme sa porte pour tabasser, tuer femme et enfants. Et les voisins ne disent rien. C'est leur affaire. Pour l'ayatollah, le peuple est le sien. Le pays est le sien. Il en fera ce qui lui plaira. Il assassinera comme il voudra. Sans image. Sans son. Il étouffe les cris. Il fait disparaître les visages, les voix, les slogans, les gens dans les villes, les étudiants dans les universités. Il tuera qui il voudra.

Seule voix, seule image, seule parole, celle des ayatollahs ; puisque les portes sont fermées, puisque les cris sont étouffés et les images coupées, puisque dans mon pays les lois et les droits sont bafoués. Puisque la France ne dit rien, l'Europe ne dit rien. Puisque l'Amérique ne pense qu'à ses intérêts. Puisque la Russie et la Chine défendent ouvertement les criminels de mon pays, alors, je transgresse moi aussi. Je ne respecte plus les règles. Je sors du roman et je retourne après trente ans en Iran.

La littérature, la fiction, n'est rien d'autre qu'une revanche imaginaire sur la réalité. J'écris ici que je rentre au pays et l'ayatollah ne peut rien contre moi. L'ayatollah ne peut me faire arrêter. Il peut briser la réalité mais contre l'imaginaire, il ne peut rien. Il ne peut rien contre le miracle de la littérature.

Une intuition aussi solide qu'une vérité me pousse à rentrer dans mon pays, une intuition que je ne peux pas prouver comme une vérité mathématique déshumanisée, mais elle est aussi vraie que mon existence.

« *I have a dream.* »

Je vais tuer l'ayatollah comme il a tué les gens dans la rue. Et tant pis pour les relations internationales de la France avec l'Iran. Tant pis pour les contrats commerciaux de Total, de Peugeot et d'autres compagnies européennes.

Tant pis si mon éditeur trouve mon roman trop violent, trop irréel, ou trop fou. La folie et moi avons toujours su cohabiter. Je suis *divaneh*, comme on dit en persan, qui s'en fout du masculin et du féminin, qui ne dit pas fou et folle – avec ce brin de mépris péjoratif qui enrobe la folle mais qui épargne le fou en lui préservant la noblesse de la folie. Je suis donc *divaneh*. Je suis *fou* et non folle.

Je sors du roman et je rentre en Iran pour tuer l'ayatollah et tant pis si mon éditeur ne publie mon livre ni en septembre ni jamais. Tant pis si je n'ai aucun prix littéraire – je n'en ai jamais eu. Je vais tuer les ayatollahs pour que les dirigeants occidentaux ne puissent plus discuter, négocier, dialoguer et commercer avec eux. C'est la seule solution.

Ma plume tue.

Ma plume tue et je sais pourquoi elle tue. Elle ne tue jamais au hasard, jamais sans raison. Je ne peux pas vous donner ici la vraie raison de mon acte. Je vous la révélerai seulement quand j'aurai réussi, mais sachez qu'elle est profonde et très ancienne.

Je sors donc du roman et rentre clandestinement dans mon pays natal. Je ne suis au service de personne. Ni de la CIA, ni de la DGSE, ni du Mossad, ni du MI6. Au diable la servitude. Je rentre en Iran sur ordre de mon imagination. À quoi me servirait la littérature si elle n'exauçait pas mes vœux les plus chers ? Si elle ne comblait pas mon imagination quand je suis à terre ? À quoi me servirait la littérature si elle ne me secourait pas quand la réalité m'est intenable ? Je ne respecte les règles d'aucun romancier français, anglais, allemand, américain... Je ne respecte que mon désir et ma volonté. Si je suis devenue écrivain en français, aux dépens de ma vie, c'est pour être seul maître à bord.

J'ai nommé cette opération Jeunesprit pour que les Iraniens pardonnent à la France d'avoir accueilli Khomeiny.

J'ai choisi mon itinéraire et organisé les détails de mon voyage. Pour brouiller les pistes, je ne pars pas directement de Paris vers un pays comme la Turquie qui éveillerait les soupçons ; je vais à Berlin, puis à Athènes, et d'Athènes à Erevan, capitale de l'Arménie où vivent et travaillent beaucoup d'Azéris. À Erevan, je me fais passer pour une vraie Française voyageuse et aventurière ; ce qui me vaut tout de suite la sympathie des gens. La France, patrie de Charles Aznavour. La France qui a beaucoup fait pour que le génocide d'Arméniens soit reconnu. Je continue mon périple vers le sud du pays en bus. Les paysages d'Orient ont une beauté mystérieuse comme si montagnes, rivières, forêts et canyons reflétaient l'histoire tragique des peuples, leurs blessures, leur âme et leur douleur. Une éternelle nostalgie de je ne sais quoi me pince le cœur. « Emmenez-moi au pays des merveilles », qui n'existe pas. J'arrive à Kajaran, puis à Meghri, au sud de l'Arménie, ville frontière, séparée de l'Iran par la rivière d'Araxe. J'ai déjà repéré l'endroit où le courant est faible et l'eau peu profonde permettant le passage à pied. Sur le versant arménien, je mets mon passeport dans une boîte et l'enterre au pied d'une colline ; sur le versant iranien, je mets sur ma tête, sous le bonnet, un voile et continue mon chemin à pied, avec mon sac à dos, en pleine nuit. Si je suis arrêtée, seul le cyanure que je me suis procuré peut me sauver. Mes quelques semaines en cachot à treize ans m'ont prouvé que je n'aurais ni la force ni le courage d'endurer la torture dans les cellules infestées des ayatollahs.

En février 1992, avant d'arriver en France, j'avais failli mourir de froid sur les terrains vagues entre la Turquie et la Bulgarie ; cette fois-ci, riche des expériences extrêmes, je me suis bien équipée, en prenant toutes les précautions nécessaires, de sorte que je pourrais survivre une semaine, ou plus, dissimulée dans la nature. Je dors la nuit dans mon sac de couchage. Le matin très tôt, je me lève et me mets en marche, j'arrive sur une route. À l'aube, je fais arrêter la première voiture, une camionnette, je lui demande, en azéri, s'il peut m'avancer vers une ville ou un village. D'un air soupçonneux, il me demande où je veux aller et ce que je fais au milieu de nulle part. Je lui réponds que je viens de Kantal National Park, situé tout près, où avec une équipe, je faisais une expédition touristique et que je devais rentrer pour une urgence familiale chez moi. Pour justifier mon accent en azéri, je précise que je suis azérie mais vis depuis mon enfance à Téhéran. Je pense qu'il me croit, en tout cas, il me fait monter et me dit qu'il allait dans un village, à deux heures de route. Je lui dis que je descendrai là-bas. Il me raconte qu'il transportait deux fois par semaine des produits alimentaires pour les restaurants iraniens en Arménie… et qu'il allait voir sa mère qui était malade…

Il faut que je vous informe, lecteurs : il est tout à fait naturel d'arrêter une voiture en Iran. Quiconque a un véhicule l'utilise également comme taxi d'appoint et prend quelques passagers sur son chemin pour arrondir ses fins de mois, que ce soit dans des rues, au milieu des villes ou sur les routes, entre les villes et les villages. Il n'existe aucune loi interdisant à un conducteur de prendre des passagers et de se faire payer.

Je suis en Azerbaïdjan iranien, presque au bout de mon périple, dans un magnifique petit village historique niché au cœur de la forêt et des collines, nommé joliment Ushtabin. Les senteurs de la forêt et l'air pur promettent la santé éternelle. À présent, je suis dans ces montagnes où est né Zarathoustra, où il y a plus d'un siècle mon grand-père, le grand Pacha Khan, qu'on disait Jeunesprit, a été assassiné, où je suis née et où je ne suis pas retournée depuis presque quarante ans. Le conducteur m'invite chez sa mère pour me rafraîchir, je décline, je lui demande combien je dois le payer, il dit : rien, j'insiste et le paie.

Il me remercie et me dépose à la gare routière. J'achète un billet pour Ardabil et attrape le bus juste avant son départ. Après cinq heures de route, j'arrive à Ardabil, à la gare, je prends un taxi et trente minutes plus tard, à seize heures moins dix, je suis devant la maison de mon enfance. D'émotion, je pleure. Si j'ai beaucoup voyagé et vu des paysages magnifiques sur les cinq continents, seuls les paysages d'Iran ont l'odeur de mon enfance, même si elle ne fut pas heureuse. Je suis sur la terre de mon père, dans une petite partie de son ancienne demeure confisquée, divisée, vendue et revendue, puis achetée par un cousin. J'attends quelques dizaines de secondes devant la grande et ancienne porte en bois, puis je sonne.

La femme de mon cousin m'ouvre. Elle a vieilli. Elle ne me reconnaît pas. Elle me fixe et me demande ce que je veux, puis, voyant les larmes dans mes yeux et le sourire sur mes lèvres, elle me serre dans les bras, criant : je ne peux pas y croire ! La dernière fois que nous nous sommes vues, c'était à Téhéran et j'avais vingt-deux ans. Elle doit me trouver vieillie également, mais elle me dit, par politesse, que je n'ai pas changé, et je lui réponds en souriant : c'est pour ça que tu ne m'as pas reconnue ! Nous rentrons dans la maison. Regarde qui est là ! dit-elle à mon cousin. Ce n'est pas vrai !

Il me serre dans ses bras, il a beaucoup vieilli aussi. Nous pleurons tous les trois. Depuis quarante ans, je n'ai pas été dans cette maison. Ils ont fait des travaux et l'ont restaurée, mais n'ont rien changé à son architecture ancienne. La terrasse et le jardin de mon enfance, qui donnaient sur les montagnes, sont toujours là. Le Paradis même n'aurait pas pu m'extirper de telles larmes de bonheur. Ma cousine prépare un dîner royal. Je mange comme quatre. Nous nous racontons jusqu'à l'aube. Nous parlons de la famille, des cousins et cousines, des tantes et oncles morts, des neveux et nièces mariés, partis à Téhéran ou à l'étranger, de leurs enfants... de ma vie en France, de la situation au pays et des massacres... Ils me disent que leur maison est la mienne. Le sens de l'hospitalité est sacré en Iran. Ce n'est pas le même monde que l'Occident.

Les rayons du soleil me réveillent le lendemain. Il fait froid. Plus froid qu'à Paris. Presque aussi froid que dans les Alpes, mais ici, à l'Orient, le soleil brille tous les matins. Même les jours de pluie, le soleil fait acte de présence, au moins quelques heures. Au petit déjeuner, je leur dis que je voudrais voir Pourandokht et Parastou. Mon cousin et sa femme me regardent avec suspicion. Ce qui m'étonne au plus haut point. Pourandokht et Parastou sont les deux filles de ma cousine germaine, sœur de mon cousin, avec qui nous étions deux âmes sœurs. Leurs grands-parents paternels, tous les deux journalistes, avaient été exécutés par un tribunal révolutionnaire en novembre 1979, après l'arrivée de Khomeiny au pays, des années avant leur naissance et avant le mariage de leurs parents. Leur mère, ma cousine germaine donc, professeur en sciences politiques, et son mari, éditorialiste d'un magazine, ont été assassinés, tous les deux, exactement vingt ans plus tard, en 1999, sous la présidence de Khatami ; l'année des massacres des étudiants et des intellectuels, quand les filles avaient huit et dix ans. J'avais demandé, à l'époque, qu'on m'envoie les deux gamines en France, à Paris, pour que je les adopte et les élève, mais leur oncle paternel, qui était devenu leur tuteur, avait refusé. J'ai eu de leurs nouvelles, je leur avais parlé au téléphone deux trois fois, puis plus rien. Et, depuis 2002, à cause de mes livres, je n'avais plus contacté mon cousin et sa femme directement pour leur sécurité.

Ils me posent des questions, me demandent pourquoi j'étais rentrée au pays… Ils me trouvent complètement dingue lorsque je leur apprends que je suis rentrée clandestinement. Je leur dis que ma vie était absolument solitaire en France, que supporter tant de haine après les derniers massacres m'était insupportable, que je ne pouvais plus me contenter de l'écriture, que j'avais pensé que si je devais prendre les armes, je le ferais, que si je devais mourir, eh bien, je mourrais, que je devais bien ça aux autres, à Pourandokht et à Parastou, à leur mère assassinée, que je devais ça à mon pays, à mes deux amies assassinées, que j'avais depuis mes treize ans une vie en sursis. Je les rassure en jurant que je ne suis en lien avec personne ; que j'ai agi totalement seule. Je sens qu'ils se méfient, je ne sais de quoi, de ma folie peut-être. Même si nous sommes cousins et avons à peu près le même âge, nous nous connaissons finalement très peu. Cela fait trente ans que j'ai quitté l'Iran, nous avons beaucoup changé, eux, comme moi. Le lendemain, je demande à la femme de mon cousin si elle peut appeler Pourandokht et Parastou. Elle plante son regard noir dans mes yeux. Je ne me dérobe pas. Elle se lève et va dans la cuisine. Je la suis et lui dis que je dois les voir. Elle ne me répond pas. Son silence est définitif. Je me retourne vers mon cousin, qui ne dit rien non plus. Je ne comprends pas le sens et la raison de tant de mystères. Ils restent laconiques, comme si chaque mot pouvait être un indice. Ils m'observent. Ils me demandent de ne pas sortir de la maison pour ne pas attirer l'attention et me reposent des questions sur les détails de mon voyage et de mon itinéraire depuis que j'ai franchi la frontière…

Je passe mes journées sur le terrain derrière la maison ou reste assise, des heures, emmitouflée dans manteau et couverture, sur la terrasse, à regarder, sans me lasser, les sommets enneigés. Je ne sais si mon cousin croit à ma folie, en tout cas, il me dit le septième jour que je dois encore attendre, sans donner aucune précision. Je ne sais ce que je dois attendre. Je me sens à la fois chez moi et une étrangère dans la maison de mon père. À dire vrai, après trente ans d'exil solitaire en France, mon cœur n'appartient à aucune terre, à aucun lieu, à aucun amour, à aucune famille non plus. Je me demande si je serais capable de vivre le reste de ma vie, comme une fugitive, ici, face aux montagnes orgueilleuses de mon enfance. Et je me demande, en même temps si je pourrais un jour requitter la frontière et revoir la France qui me manque, malgré mes élans guerriers. Le cœur de l'exilée que je suis m'est devenu étranger : il est plein de sentiments contradictoires. En France, l'Iran me manquait au point que je me sentais mutilée, et ici, au bout de quinze jours, la France me manque déjà. Jamais et nulle part je ne me sentirai chez moi.

La femme de mon cousin est une excellente cuisinière. Elle prépare des plats et des mets succulents que je n'ai pas mangés depuis trois décennies. Je lui propose de l'aider, de laver la vaisselle, de l'essuyer, de servir le thé..., mais elle refuse catégoriquement. Je n'insiste pas, alors qu'une vraie Iranienne aurait insisté au moins quarante fois. Elle doit penser que l'Occident m'a rendue impolie. Je ne maîtrise plus les codes de cette politesse, de cette amabilité excessive, feinte et hypocrite qu'on appelle *taârof* – encore un mot qui n'a aucun équivalent dans aucune langue au monde. Un mot qui représente un univers, un mot si sophistiqué et si complexe dont l'explication exige des pages et des pages et il n'est pas sûr qu'un Occidental puisse saisir pleinement le sens et l'utilisation de ce code social et relationnel – ça y est, je suis ici seulement depuis deux semaines et je ne supporte déjà plus les caractéristiques si tordues des Iraniens. Je ne sais si la femme de ma cousine préfère vraiment que je ne fasse rien, ou si elle voudrait bien que je l'aide tout en s'y opposant catégoriquement. J'avais fait une analyse de *taârof* dans mon mémoire de DEA, en 1998, qui traitait des codes culturels exprimés dans le langage ordinaire et de ce que ce dernier nous apprenait d'un peuple, de son mode de vie et de ses mœurs. Aujourd'hui, je pourrais faire une thèse plus complète. Je pense que l'âme d'un peuple se reflète, en partie, dans le langage ordinaire, dans le parler des gens, dans leurs expressions et adages. Les Azéris font quand même beaucoup moins de *taârof* que les autres Iraniens, une des raisons pour laquelle ma mère, qui était une vraie Persane, disait de mon père qu'il était un sauvage azéri sans éducation !

Assise sur le tapis d'Ardabil, à côté du chauffage, je regarde par la fenêtre les va-et-vient des rayons du soleil entre les branches dénudées et, plus loin, sur les montagnes enneigées. J'adore la neige et plus encore la danse romantique des gros flocons épais dans l'air, comme dans les journées hivernales de mon enfance. Je me sens apaisée sur la terre de mes ancêtres. Je demande à mon cousin combien de jours je dois attendre. Il me dit qu'il ne sait pas. Je lui demande attendre quoi ? Qui ? Il ne répond pas. Je les trouve bien mystérieux tous les deux. Moi aussi je commence à les soupçonner maintenant. Je pense au film de Massoud Bakhshi, *Une famille respectable* : après des années en Occident, un universitaire rentre en Iran, il est trompé et trahi par sa propre famille qui lui fait subir un tourbillon de violence inouïe. Je me demande s'ils n'ont pas prévenu les autorités locales, s'ils ne sont pas chargés de me surveiller. Je tente de dissiper les pensées paranoïaques et me dis que rentrer après trente années, clandestinement, sans aucun motif raisonnable et logique, est suffisamment délirant pour éveiller la méfiance.

Au fil des jours, l'ambiance devient pesante. Je suis retournée en Iran comme je l'avais quitté : sur un coup de tête, en abandonnant tout. Je leur dis que s'ils ne pouvaient pas m'aider, je partirais le lendemain. Mon cousin me dit que quelqu'un va venir me chercher, que je dois patienter encore quelques jours. En vérité, je ne connais plus l'adresse du reste de ma famille à Téhéran, je n'ai nulle part où aller, à part rebrousser chemin et tenter de retraverser clandestinement la frontière.

Quelques jours plus tard, bien avant que le jour ne soit levé, la femme de mon cousin me réveille et me dit qu'il faut que je me prépare pour partir. À moitié endormie, je mets mes affaires dans mon sac à dos. Je ne lui demande pas où nous partons, je sais qu'elle ne me répondra pas. Je dis au revoir à mon cousin qui reste à la maison et je monte dans la voiture avec sa femme. Elle quitte la ville, emprunte une route nationale, puis une autre. Elle s'engage sur un chemin non goudronné, puis un autre qui a l'air de mener au bout de la terre. Je ne sais pour quelle raison je suis confiante. Au bout de deux heures, la voiture s'arrête. Nous descendons, entrons dans les bois. Au bord d'un sentier, nous croisons deux personnes, un homme et une femme habillés de vêtements traditionnels. La femme de mon cousin me dit au revoir en m'embrassant et repart vers sa voiture. Je la remercie, même si je ne sais ni pour quelle raison elle m'a conduite ici ni qui sont ces deux personnes à qui elle me confie.

Je suis face à deux parfaits inconnus au milieu de la forêt. La femme ne peut ni être Parastou ni Pourandokht, elle est beaucoup trop jeune. Elle doit avoir une vingtaine d'années seulement. Ils me questionnent au milieu de la forêt, à sept heures du matin, alors qu'il fait un froid de canard. « Qui êtes-vous ? Pourquoi êtes-vous là ? D'où venez-vous ? Comment êtes-vous rentrée au pays ? Qui vous envoie ? Avez-vous dit à quelqu'un en France que vous rentriez en Iran ? Pourquoi êtes-vous rentrée après trente ans ? Comment connaissez-vous Pourandokht et Parastou ? Racontez quelques souvenirs ? Où habitiez-vous à Téhéran ? Où étiez-vous étudiante ?... » J'ai le sentiment de faire face à un tribunal militaire. Je réponds à toutes leurs questions, donne des détails... Je leur dis qu'il m'était devenu impossible de regarder les images des jeunes massacrées sans rien faire. Je leur raconte les détails de ma propre arrestation, les semaines passées dans une cellule à l'âge de treize ans, l'arrestation des parents de Pourandokht et de Parastou... Je leur dis, à la fin, que je suis rentrée au pays par désespoir, sans aucune certitude, et que ce qui pouvait m'arriver m'était indifférent. Ils m'écoutent sans laisser paraître le moindre sentiment. Visages impassibles, ils me reposent les mêmes questions ; je perds patience et leur dis que comme ils connaissaient la femme de mon cousin, ils doivent savoir qu'elle sait bien qui je suis et que son mari est mon cousin germain, le frère de la mère assassinée de Pourandokht et de Parastou. Ils m'ordonnent de les suivre. Elle marche devant moi et lui derrière.

Avec la rapidité d'un éclair, elle m'attaque, si agilement que je n'ai même pas vu comment elle a pu se retourner et me tomber dessus. Je me retrouve à terre, un couteau sous la gorge. Ce fut très rapide, une fraction de seconde, un peu plus peut-être. Je n'ai même pas eu le temps de reculer ; seul mon cerveau réagit, me disant que c'est la fin, que ma mort sera imminente, misérable, au milieu d'une forêt. Ces secondes où la lame du couteau me touche la gorge sont suffisamment longues pour me liquéfier de stupeur et de terreur. J'ai le visage de ma tueuse au-dessus du mien. Je sens son haleine fraîche, sa respiration. La mienne est bloquée par la peur. Deux grosses larmes entrent dans mes oreilles et mes années en France, mon enfance, les souvenirs d'une vie, déferlants, condensés, comme dans un rêve nocturne, défilent, à la vitesse de la lumière, dans mon cerveau. J'ai mal à l'âme. Je suis clouée au sol et ne peux rien faire pour me défendre. Je veux l'implorer, mais je suis totalement paralysée et ne peux même pas ouvrir la bouche. Deux autres larmes entrent dans mes oreilles. Nul ne saura que j'ai été assassinée. Cette pensée m'est pénible. Finalement, je suis rentrée pour être assassinée dans les montagnes où mon grand-père fut assassiné un siècle plus tôt. Voilà mon destin. Cinquante-trois ans de vie s'achèvent sous la lame d'un couteau. Et la main de cette jeune femme, agile, ferme, puissante, décidée, puis..., hésitante... C'est seulement lorsqu'elle enlève son genou que je réalise qu'il était sur ma poitrine. Elle retire le couteau. Elle me prend le bras et m'aide à m'asseoir.

Je reviens à la vie. Ma gorge déborde de larmes chaudes qui inondent mon visage. Je tremble. Mes dents claquent de froid, de la terreur qui vient de disparaître. L'homme enlève son manteau et le pose sur mes épaules. Après cette menace de mort si violente et si brusque, leur soin me paraît incongru. Je suis tétanisée. Sous le choc. Elle est confuse, elle s'excuse très poliment et se présente : Je m'appelle Shadi. Et moi c'est Babak, dit-il. Je pleure de plus belle. Elle me tend une bouteille d'eau. Je bois. Elle s'assied à côté de moi. Quand enfin je suis en état de me lever, j'ai honte d'avoir chialé comme une enfant. J'ai honte de ma si grande fragilité. Elle s'excuse encore, dit qu'elle était obligée de vérifier qui j'étais. Ma totale incapacité à esquiver, ou à esquisser le moindre geste pour me défendre ou me protéger, et mes larmes, leur ont prouvé que je n'avais pas menti et que je n'étais pas une vieille espionne endurcie.

Elle avait tout calculé, tout mesuré. La surprise de son agression, l'endroit – un sol mousseux pour que je ne me casse pas le dos. J'étais tombée comme une tarte par terre. À présent, je suis confiante. Je sais que je ne m'étais pas trompée. Que mon instinct, mon intuition, avait raison.

Nous marchons plusieurs heures par monts et par vaux. Ils marchent d'un pas militaire. Me voyant essoufflée, ils s'arrêtent de temps en temps. Il ou elle me prend la main pour monter les côtes et les rochers. Durant le trajet, je ne pose aucune question. Ils ne disent rien non plus. C'est très peu iranien de rester silencieux.

Nous arrivons au piémont où une dizaine de tentes en peau de chèvre noir sont installées.

Après mon bac, avec ma cousine et des amis, nous avions fait des randonnées dans les montagnes Damavand, en hiver, et avions dormi dans des tentes similaires. Je suis au milieu d'une vraie population nomade. Tout le monde, femmes, hommes, enfants et adolescents, est habillé des tenues colorées et traditionnelles des nomades montagnardes. C'est idyllique. Je ne m'attendais tellement pas à ça que je suis absolument stupéfaite, comme si je venais de remonter le temps d'un siècle. Elle disparaît, lui me fait entrer dans une des tentes. « Nous avons une invitée, elle est fatiguée, soyez gentils », dit-il à ses trois enfants, en azéri. Ils me disent bonjour poliment. Deux filles et un garçon, entre sept et dix ans. Je ne sais que leur dire à part : ça va les enfants ? Ils éclatent de rire, probablement de mon accent en azéri. Je ris aussi. Je suis essoufflée, épuisée, je m'affale sur les coussins. Je suis gênée face aux regards attentifs et scrutateurs de ces trois gamins qui m'entourent comme si j'étais un animal de cirque. Ils sont très mignons. Je somnole. Elle revient, embrasse ses enfants qui lui sautent au cou dès qu'elle rentre. Je l'admire. Une mère de trois enfants, si jeune, si sportive. Venez on va manger. Un très grand pot en cuivre est sur le feu au milieu des tentes. Enfants, adolescents et adultes sont réunis, assis à même le sol, sur des peaux de mouton, ou de chèvre peut-être. Au total, une quarantaine de personnes. C'est impressionnant. Je prends place sur une peau entre elle et son mari. J'ai si faim que je mangerais un mouton vivant. Nous mangeons une soupe, puis un gâteau au miel. Les uns et les autres se parlent, les enfants jouent, se chamaillent, j'entends juste un bruit de fond. Je ne pose aucune question et me sens observée. À part moi, personne n'a froid. Je rentre tôt dans la tente. Je suis tellement fatiguée que je pourrais dormir vingt-quatre heures. Le sommeil m'emporte aussitôt que ma tête touche l'oreiller.

Le lendemain, je me réveille tard. Je ne sais plus où je suis en ouvrant les yeux. Le samovar allumé et la théière dessus que je vois du coin de l'œil me font prendre conscience que je suis en Iran, dans les montagnes d'Azerbaïdjan et seule dans une tente. J'ai des courbatures partout. Je me lève, plie ma couverture et mon matelas, me sers une grande tasse de thé et je sors. Il fait froid. Je tiens ma tasse à deux mains et l'approche de mon visage. Les enfants et les adolescents sont en plein exercice d'arts martiaux. Je bois une gorgée. C'est voluptueux cette chaleur. Et le paysage est majestueux.

Une femme, grande, mince, belle et d'une allure slave, vient vers moi. Elle me tend une photo sur laquelle ma cousine a son bras autour de mon épaule, nous sourions à pleines dents et paraissons heureuses. Nous devions avoir seize ou dix-sept ans.

— Je suis Parastou, dit-elle.

C'est si troublant de retrouver à la place d'une enfant de huit ans une femme de trente ans. Elle me serre dans ses bras. Avec sa mère, nous nous ressemblions beaucoup. Nous avions les mêmes yeux et le même regard, disait-on. Je suis si émue, je me mords la lèvre pour ne pas pleurer, mais mes larmes coulent ; depuis que je suis rentrée, mes glandes lacrymales sont devenues très loquaces, pour un rien, elles versent des larmes, comme si derrière mes yeux, durant les trente années d'exil, s'était formé un lac salé de mes larmes persanes.

J'avais vu la dernière fois les deux filles de ma cousine, en novembre 1998, à Berlin, elles accompagnaient leurs parents qui y étaient invités pour un colloque. À leur retour à Téhéran, ils ont été arrêtés, accusés d'espionnage, et quelques mois plus tard, exécutés. Les journaux allemands, français, anglais… avaient fait des brèves, mais comme en 1999, sous la présidence de Khatami, les relations commerciales avec les dirigeants iraniens réputés « modérés » étaient bonnes, et comme mes cousins n'avaient pas la double nationalité et étaient seulement iraniens, leur assassinat n'avait pas fait de bruit.

Nous marchons et elle se raconte :

— Durant les premiers mois après l'assassinat de mes parents, toute la famille était sous surveillance et les passeports confisqués. Le frère cadet de mon père, médaille d'or au championnat mondial de judo, qui nous avait adoptées, a décidé de quitter la ville et de partir dans les montagnes. La famille a fait croire aux amis et voisins que mon oncle avait quitté la frontière clandestinement avec moi et ma sœur, sa femme et ses deux fils, et comme mon oncle était connu de toute la ville et même de tout le pays, la rumeur se répand rapidement. Tout le monde, y compris les autorités, nous croit partis à l'étranger. Nous sommes restés cachés, comme de vrais fugitifs, dans les forêts, puis, quand mon oncle s'est fait oublier de tous, méconnaissable avec sa barbe et ses habits traditionnels, nous avons vécu sans acte de naissance comme quelques millions de personnes dans le pays. Au début, c'était très rude, mais rapidement, grâce à l'endurance, au courage et à la résistance de mon oncle, nous sommes devenus de vrais pasteurs nomades montagnards. Désormais, nous faisons *geshlâq* et *yeylâq* ; en automne, nous installons nos tentes sur le piémont et à l'arrivée du printemps dans les montagnes, sur les hauteurs. Nous possédons une centaine de moutons, des dizaines de chevaux, d'ânes, de chèvres, de chiens et des ruches de miel…

Elle me raconte, même si je le savais déjà, que ses parents avaient été arrêtés parce qu'ils avaient, à l'époque, consacré plusieurs numéros de leur magazine aux enfants des rues, *bachehâyé khiabani*.

— Ils avaient reçu des avertissements auxquels ils n'avaient pas accordé d'importance. Croyant naïvement aux promesses de « réformes » et à la liberté d'expression que le président Khatami leur avait garanties, ils l'avaient interpellé plusieurs fois dans leurs articles, lui demandant un plan Marshall pour les bidonvilles et la création de vraies institutions pour les enfants des rues. Ils ne pouvaient imaginer que Khatami puisse faire arrêter, à cause d'un sujet qui n'était en rien, politiquement, contre le système, le directeur du magazine qui avait appelé à voter pour lui. Ils étaient d'un optimisme catastrophique. Même après leur arrestation, ils pensaient qu'ils allaient être libérés. Ils ont été torturés, accusés d'avoir été au service des ennemis occidentaux et assassinés.

Elle me tend un numéro du magazine daté de janvier 1999, dont la couverture titrait : « Que va faire le président pour ces quelques centaines de milliers d'enfants esclaves sexuels ? » Ma cousine me l'avait envoyé à Paris, via la valise diplomatique, mais je ne le lui dis pas. Je ne lui dis pas non plus que j'avais refusé, il y a des années, de participer à un important colloque, en Italie, lorsque j'avais appris, une fois sur place, que l'invité d'honneur était Khatami. Elle reprend :

— Ce numéro a été le dernier et il leur a coûté la vie. Leur plume a été cassée, leur magazine interdit, et eux-mêmes assassinés. Quant aux enfants des rues qui, à l'époque, étaient quelques centaines de milliers, après vingt ans, ils sont plus de trois millions aujourd'hui.

Quand elle avait quatorze ans et sa sœur, Pourandokht, seize, leur oncle a proposé de créer une vraie communauté de nomades montagnards. Ils reprennent alors le flambeau, mais à l'opposé de leurs parents et de leurs grands-parents, au lieu de la plume, ils optent pour les actes et se mettent à voler ! Ils ôtent leur habit traditionnel et partent à Téhéran en camion et volent des enfants des rues. Elle dépeint une situation terrifiante :

— Dans des quartiers pauvres et des bidonvilles, de plus en plus nombreux et vastes, sont entassés quelques millions de drogués et d'enfants sans acte de naissance, enrôlés dans le trafic de drogue, exploités sexuellement, des enfants achetés ou volés pour le trafic d'organes, dont les corps vidés sont jetés dans le désert, parfois dans des poubelles. Le trafic d'enfants est devenu un des métiers les plus lucratifs du pays. Plus de vingt millions de personnes, dont quatre millions d'enfants et de jeunes adolescents, vivent dans des bidonvilles, où la criminalité est très élevée. Dans le seul quartier de Darvazeh Ghar, devenu presque une ville, au sud du grand bazar de Téhéran, les prostituées, les drogués et les enfants des rues grouillent. Soit les parents drogués vendent eux-mêmes leurs enfants aux réseaux mafieux criminels pour une simple dose, soit leurs enfants sont volés par des réseaux mafieux et les parents ne déclarent même pas leur disparition puisqu'ils n'ont jamais eu d'acte de naissance et sont officiellement sans existence. Ce sont des enfants nés de personne. Pour leur tranquillité, les réseaux mafieux, en guise d'impôt, font la donation de nombre de ces enfants aux pasdarans qui les forment pour en faire des djihadistes, des tortionnaires ou des mercenaires à leur service en Irak, en Syrie, au Liban…

Après un bref silence, elle reprend avec un ton combatif :

— Chaque fois que nous allons à Téhéran, nous agissons en groupe de commandos et volons le maximum d'enfants possible. À six, sept ans déjà, ils ont subi toutes sortes de maltraitances physiques, psychiques et sexuelles, ils sont polyvalents dès l'âge de trois-quatre ans : ils sont tabassés, forcés à mendier, à voler, à vendre de la drogue, à se prostituer, quand ils ont la chance de ne pas être charcutés vivants pour extirper leurs organes. Nous avons pu voler, et sauver, en quinze ans, deux cent quatre-vingt-cinq enfants. Ça ne représente rien face à l'ampleur du désastre, mais ç'a été quand même plus efficace que la méthode de mes parents qui n'avaient pas compris que la plume était un instrument trop fragile dans un pays où *Amré bé Marouf* et *Nahi az Monkar* – l'injonction et l'interdiction islamiques sont invoquées pour réprimer toute forme de contestation, toute forme d'indignation. C'est en vertu de cette invocation que la criminelle justice islamique condamne à des peines de flagellation et de pendaison publique. Le souriant Rohani, lorsqu'il était membre des Conseils des Gardiens, avant de se présenter aux élections présidentielles, avait préconisé l'organisation des pendaisons publiques spectaculaires lors des prières du vendredi, transmises en direct à la télévision, pour que les ennemis du régime comprennent ce qui pouvait leur arriver. Et pourtant, intellectuels, journalistes, artistes, cinéastes et comédiens ont appelé à voter pour lui. En quarante ans, ce régime a corrompu beaucoup de gens. Mon oncle a pris une décision radicale et très courageuse en nous amenant ici dans les montagnes.

Elle s'arrête, me regarde, et me dit :

— Je sais que tu avais demandé, après l'assassinat de nos parents, que moi et ma sœur soyons envoyées en France pour que tu nous adoptes ; notre oncle nous l'a dit quand il nous a proposé de partir dans les montagnes. Il nous a dit que si nous le voulions, il pourrait organiser notre passage clandestin lui-même et te demander de venir nous récupérer de l'autre côté de la frontière ; il nous a expliqué qu'en tant qu'enfants des intellectuels assassinés, nous pourrions avoir facilement des papiers et vivre avec toi en France, et aller, plus tard, où nous voulions ; mais moi et ma sœur avons décidé de rester avec lui et sa famille.

Je ne lui dis pas qu'à l'époque, j'étais très en colère contre le frère de leur père, car j'avais pensé qu'il avait refusé de me les envoyer par machisme, sans prendre en considération que la France pouvait leur offrir un meilleur avenir. Elle reprend :

— Le vrai nomadisme n'existe presque plus. Le régime a détruit l'organisation des tribus, sapé à la fois l'autorité des chefs et les bases du nomadisme pastoral ; se méfiant de toute organisation tribale, il a réprimé, arrêté et assassiné beaucoup de chefs, atomisé les grandes tribus de peur qu'elles ne constituent une force politique locale. Dispersés, quelques-uns nous ont rejoints.

Elle me parle des catastrophiques aménagements des montagnes depuis les quarante dernières années, de la dégradation des ressources naturelles frôlant la catastrophe écologique de grande ampleur. L'immense majorité des nomades se sont sédentarisés et les dégâts d'une sédentarisation et d'une urbanisation non programmées ont été considérables. Les métiers d'agriculteur et d'éleveur sont terriblement dévalorisés, les conditions de vie dégradées. Le pays ne consomme quasiment que de mauvais produits chinois troqués contre le pétrole clandestin bradé. Les jeunes rêvent des attraits de la modernité, partent à la recherche d'une vie citadine, s'installent « temporairement » dans des bidonvilles, à la recherche de travail, mais restent à jamais dans les taudis et n'accèdent jamais à la ville et l'immense majorité d'entre eux se noient dans la drogue.

Nous arrivons au bout d'un chemin qui monte dans les montagnes.

— Nous avons créé, grâce au savoir-faire de mon oncle et de quelques nomades montagnards qui nous avaient rejoints, notre itinéraire, en aménageant des passages, des cols et des cours d'eau pour pouvoir descendre au piémont et monter sur les hauteurs au printemps. Notre tribu est une affaire de famille, née de l'initiative de mon oncle et de sa femme, des gens admirables.

Elle parle si bien qu'on dirait un professeur d'université et non une nomade montagnarde qui a quitté l'école à l'âge de huit ans ! Il y a quelque chose d'impérieux en elle. Elle me raconte que la première fois, quand elle avait quatorze ans, ils étaient partis, tous les six, en camion (son oncle, sa femme, leurs deux fils, elle et sa sœur) à Téhéran et avaient volé, en une seule journée, douze enfants, qui devaient avoir entre cinq et sept ans, dont deux Afghans. Ils les ont adoptés, soignés physiquement et psychologiquement, aimés, élevés et éduqués. Un d'entre eux était drogué alors qu'il avait six ou sept ans, tous, sans exception, étaient abusés sexuellement. Ils ont été alphabétisés, ils ont appris les bases de la mathématique, de la physique et de la botanique. Ils ont appris à lire, à aimer la poésie, la nature, les montagnes, les animaux, une vie simple et saine. Ils ont été entraînés physiquement et tous pratiquent à un très haut niveau le judo, le krav-maga et le taichi. Leur oncle et sa femme leur avaient appris l'histoire du pays, la vraie, pas celle fabriquée, falsifiée, par les ayatollahs.

— Et toi-même tu as combien d'enfants ?

— Avec ma sœur et nos deux cousins, nous avions déjà beaucoup d'enfants avant de nous marier. Nous avons établi une règle : aucune femme ne tombe enceinte. Aucune femme n'enfante. Il n'y a que des enfants récoltés ici. Notre tribu ne serait pas devenue ce qu'elle est si ma sœur et moi et les femmes de mes cousins avions fait des enfants. Nous avons tout expliqué aux enfants, à chacun d'entre eux, dès qu'ils ont eu l'âge de comprendre, dès que leur âme traumatisée a été soignée, dès que leur humanité leur a été restituée, nous leur avons raconté notre histoire, celle de mes parents. Tous ont lu les articles pour lesquels mes parents ont été exécutés. Nous leur avons expliqué que nous les avions volés pour les sauver, et qu'il y avait beaucoup d'autres enfants à voler, à sauver. Aucun d'entre eux n'a jamais mis en cause cette règle. Dès l'âge de quatorze, quinze ans, ils participent à ce que nous appelons désormais la « récolte d'enfants ». Plusieurs fois par an, nous organisons des descentes dans des bidonvilles de Téhéran. Ils voient de quel destin atroce ils ont été sauvés, ou pour certains d'entre eux, peut-être, de quelle mort atroce, comme ceux dont les corps vidés d'organes sont jetés aux chiens. Sans être du même sang, un lien fraternel fait d'humanisme, mais surtout de la même indignation, de la même rage, nous lie à jamais. Un lien beaucoup plus fort que celui du sang. Tous, sans exception, filles et garçons, sont, plus que moi et ma sœur, révoltés par le sort des enfants des rues, à qui ils s'identifient. Ils auraient organisé chaque semaine des descentes dans les bidonvilles si nous ne les avions pas raisonnés en leur expliquant que nous devions être très prudents et très méthodiques, que la moindre imprudence pouvait nous faire massacrer jusqu'au dernier. Ils sont donc plus engagés que nous dans la récolte d'enfants et en voyant d'où ils viennent, aucun d'entre eux, ni fille, ni garçon, n'a jamais exprimé le moindre désir d'enfanter. Car ici, malgré la discipline, malgré les règles et les lois, toute parole est libre…

— Vous n'avez jamais eu de problèmes avec les autorités locales ?

— Nous sommes loin des villes et des villages. Nous restons très discrets et devons paraître, pour les rares personnes qui ont connaissance de notre existence, comme des montagnards primaires et obtus. Et puis, quand les couples vont dans des villes ou villages, pour approvisionnement de certains matériaux et produits nécessaires, les femmes se fabriquent de gros ventres et feignent d'être enceintes pour éviter tout soupçon. Nous organisons de vraies cérémonies, de vraies fêtes, pour officialiser au sein de la tribu leur mariage…

— Vous n'avez jamais eu des enfants récalcitrants, des enfants irrécupérables ?

— Nous avons dû enterrer, en quinze ans, quatre enfants morts du sida. À part les maladies mortelles, il n'existe pas d'âme incurable à cet âge-là. Nous ne récoltons que des enfants de cinq, six à neuf, dix ans. Il y a eu avec certains d'entre eux beaucoup plus de boulot, il a fallu être patient, parfois sévère, surtout avec ceux qui étaient drogués, mais à ces âges-là, les traumatismes sont soignables. Bien sûr, sans la nature, sans les montagnes, sans les arts martiaux, sans la discipline implacable, sans la droiture et l'éthique à toute épreuve de mon oncle, qui est considéré comme le grand-oncle et le maître spirituel de tous, l'éducation et la récupération de ces enfants, malgré amour et affection, n'aurait jamais été possible. Au début, tous, sans exception, avaient peur et se méfiaient de nous, même lorsque nous voulions les vacciner. La première récolte était la plus difficile, parce que moi et ma sœur et nos cousins étions nous-mêmes des adolescents.

Elle marque un silence, puis reprend.

— Ces enfants ont été livrés depuis leur naissance aux pires violences, et n'ont jamais connu ni affection ni protection. Ils ont quelque chose du Croc-Blanc de Jack London, même s'ils se méfient au début de tout geste affectueux ou de tout soin, ils sont réceptifs, plus que les enfants grandis dans des familles, à la sincérité de la parole, à l'amour, à la quintessence de la fraternité, et je peux te dire qu'ils savent reconnaître mieux que quiconque le vrai du faux, distinguer ce qui est juste de ce qui ne l'est pas. Ils ont une grande aptitude à devenir humains. Et grâce à six heures d'entraînement physique par jour, dès quinze, seize ans, ils sont déjà de vrais résistants. Après avoir été rescapés des maltraitances physiques et sexuelles extrêmes, leur âme est sauvée à jamais de la médiocrité et de la bassesse. Quinze ans d'expérience avec des enfants qui ont subi les pires abus nous ont prouvé qu'il n'existe pas de mauvaise graine comme il n'existe pas de bonne graine chez l'humain. On récolte chez un enfant ce que sa famille, ses proches, son environnement et la société ont semé en lui. Nous parlons de tout avec eux, y compris de leurs abus sexuels. Et puis, ces montagnes guérissent les âmes les plus cabossées.

Je lui demande où étaient les autres membres de la tribu. Elle me dit que depuis quelques années, des jeunes couples, issus des premières récoltes, s'étaient installés à Téhéran, avant d'ajouter que son mari, ses deux cousins et leurs femmes, Pourandokht et son mari, son oncle et sa femme, étaient également absents.

Au retour, elle rassemble tout le monde et me présente :

— Voici ma tante. Elle est comme ma mère, intelligente, révoltée, mais sentimentale et physiquement très fragile.

Tous rient. Elle me dit que je tombe très bien, que ma présence leur sera très utile, sans m'expliquer comment. Je pense, sans rien lui dire, que depuis ma naissance, c'est la première fois que je tombe bien ; depuis que j'avais jailli entre les cuisses d'une mère endeuillée d'un fils sublime, j'avais toujours eu le don d'être au mauvais moment au mauvais endroit. Mon destin allait-il enfin changer ?

Nous parlons de la situation explosive du pays, de la misère, de la sécheresse, de la corruption des dirigeants, de la répression, des massacres, des conditions de détention horribles des prisonniers politiques et de la torture qu'ils subissent. Elle m'apprend qu'elle et les autres doivent partir dans quelques jours, et m'ordonne avec une autorité tranquille :

— Tu vas rester pour aider le couple qui est venu te chercher à prendre soin des enfants.

— Le couple dont la femme a mis le couteau sous ma gorge, lui dis-je.

— Elle n'a fait qu'exécuter mon ordre, me répond-elle.

Puis elle ajoute avec la même autorité tranquille :

— Je ne peux t'autoriser à repartir.

— Rassure-toi, pour rien au monde je ne quitterais ces montagnes.

Parastou m'explique le fonctionnement de la tribu et la division des tâches. En son absence, deux heures d'enseignement théorique, ainsi que la préparation des repas pour tous, m'incomberaient. Babak et Shadi s'occuperaient de l'enseignement des plantes sauvages et médicinales de la région, et des cours d'arts martiaux. Tous ensemble, y compris les enfants, nous nous occuperions du bétail, du grand potager, des ruches, de la fabrication de yaourt et du fromage, puis nous cuirions le pain… Je comprends mieux mon utilité.

Les premiers jours, j'observe, assiste aux cours dans la grande tente, en guise de classe. Les enfants apprennent les mathématiques de base, puis, par cœur les poèmes de Rumi, de Hafez, lisent et discutent des passages de *Shâh-Nâmeh* et des contes des *Mille et Une Nuits*. Il y a aussi quelques livres des poètes modernes, comme Nima Youchidj et Sohrab

Sepehri. Aucun manuel scolaire du système d'éducation islamique. Malgré la discipline et la rigueur, l'ambiance est joyeuse et fraternelle. Ici, au cœur de la nature, on se couche très tôt et se réveille à l'aube. Le ciel, le crépuscule sont resplendissants.

Pour la première fois, je regrette d'avoir quitté l'Iran, de n'avoir pas pu participer à cette grande aventure clandestine depuis vingt ans. Je me demande à qui, à quoi ont servi les livres que j'ai écrits en français. À quoi avaient servi ces trente années d'exil et d'errance ? Je n'avais rien construit, ma vie en France avait été tellement vide que j'ai pu tout abandonner sur un coup de tête. En vérité, la vraie nomade, c'est moi.

Un matin, lorsque je me réveille, Parastou n'est pas là. Tous les adultes et les grands adolescents sont partis. Il ne reste que moi, le couple qui est venu me chercher et dix-neuf enfants entre sept et treize-quatorze ans. Après le tai-chi et le petit déjeuner, je me retrouve seule, face à dix-neuf enfants et adolescents pour deux heures de cours. La veille de son départ, Parastou m'avait demandé si je m'y étais habituée et pensais pouvoir m'en sortir en son absence, j'avais répondu : oui, bien sûr. Mais ce matin, je ne suis plus sûre du tout.

Ici pas besoin de dire calmez-vous, personne ne chahute, le silence règne. Ils sont attentifs, écoutent déjà avant que je n'ouvre la bouche. Je me sens scrutée et très maladroite. Dans leurs yeux, dans leur façon de me regarder, dans leur attente, il y a quelque chose qui me fait sentir l'insignifiance de la vanité humaine. Parastou avait raison : ces enfants sauvés miraculeusement, qui ont fait l'expérience des atrocités dont les pires criminels sont capables, ces enfants qui, comme des chiens errants, ont subi les pires violences, ont en eux une rage, une volonté féroce de sortir de la boue nauséabonde dans laquelle ils pataugeaient. Leur présence, leur regard à la fois enfantin et grave, leur attente m'intimident. Je ne sais pas ce que je peux leur apprendre, mais j'ouvre le livre du poète Nima Youchidj et leur lis le long et magnifique poème *Afsaneh* (« Fable »), dont je connais encore, après tant d'années, la plupart des passages par cœur, puis nous en discutons.

La première journée se passe bien, je prends confiance en moi. Je prépare une soupe de carottes, d'oignons et de pommes de terre. Au moins, je n'ai pas besoin d'apprendre à cuisiner. Les premières années difficiles de l'exil et mes pérégrinations à travers le monde ont cultivé mon aptitude à m'adapter. Lors de mon bref séjour au Montana, aux États-Unis, j'avais appris que les soldats rescapés de la guerre en Irak, après avoir été soignés physiquement, avaient été envoyés, aux frais de l'armée, dans cette magnifique région montagneuse pour se rétablir psychologiquement.

Parastou avait encore raison, sans la nature, sans les montagnes, sans cette vie simple et saine, les plus grands pédopsychiatres n'auraient pas pu guérir les traumatismes de ces enfants.

Je me découvre une passion pour préparer le pain traditionnel dans le four à bois : un délice. Les jeunes adolescents m'apprennent comment m'y prendre avec les moutons, les chevaux et les chèvres..., comment traire les brebis, préparer le fromage...

Dans la soirée, Babak et Shadi écoutent les nouvelles de vingt heures sur la petite radio à pile, autour du feu, je les rejoins le temps de prendre une tisane.

— Combien de jours peut durer la récolte d'enfants ?

— Ça dépend, deux ou trois jours. Nous restons rarement sur place à Téhéran. Ça peut être dangereux, et nous ne rentrons jamais directement après la récolte. Pour brouiller les pistes et échapper aux réseaux criminels, nous faisons parfois de grands détours, me répond Shadi.

— Vous n'avez pas eu envie d'aller vous installer en ville, comme les autres couples ?
– Je veux qu'ils sachent que Parastou m'avait raconté beaucoup de choses et qu'elle me faisait confiance.

— Il fallait qu'au moins un couple reste sur place, et nous sommes restés.

Cette première journée m'a éreintée, je les laisse autour du feu et vais me coucher très tôt ; guérie de mes insomnies, je m'endors aussitôt.

Les jours suivants se passent tout aussi bien. Un des enfants, un garçon de dix-onze ans, qui s'appelle Siavoch, me questionne lors du cours : « Où étiez-vous avant de venir chez nous ? » Plus que la question, ce « chez nous » m'interpelle. J'hésite, je ne sais que répondre et je pense que durant toutes ces années, je n'ai jamais eu un vrai « chez moi ». Je leur dis que j'étais partie à l'étranger, avais beaucoup voyagé et vécu des années en France. Une fille qui s'appelle Mahsa me demande : « C'est où la France ? C'est comment la France ? » Sur le grand globe terrestre posé dans un coin, je leur montre la France, l'Europe. Je leur dis qu'en France, il n'y avait pas quelques millions d'enfants de rue, que les enfants étaient protégés, scolarisés, même s'il y existait parfois de mauvais parents, même s'il y avait de la délinquance, mais les enfants et les adolescents n'étaient pas l'objet de telles violences. Je leur dis qu'il n'y avait ni prisonniers politiques ni torture en France, que les gens vivaient librement en démocratie, leurs droits étaient respectés, ils pouvaient manifester mille fois par an, sans que le gouvernement les tue par centaines dans les rues. Je leur dis que la France avait trois siècles d'avance sur l'Iran… que jamais personne ne serait emprisonné, encore moins assassiné, pour avoir écrit des livres ou des articles – au moment où cette phrase sort de ma bouche, je pense au carnage à *Charlie Hebdo*, mais ne leur dis rien. Ils m'écoutent avec une grande attention et je me rends compte que ma voix tremble d'émotion.

Les soirs, je retrouve Shadi et Babak autour du feu pour ma camomille. La quatrième ou la cinquième soirée, je ne sais plus exactement, je leur demande :

— Est-ce normal qu'ils ne soient pas encore rentrés ?

Ils se regardent sans me répondre.

— Que se passe-t-il ?

— Cette fois-ci, ça devait durer plus longtemps que d'habitude, me dit Babak.

Je les sens fébriles. Cette réponse est loin de me rassurer ; mais je n'insiste pas, je sais que je n'aurai pas droit à plus d'informations. Je vais me coucher.

Le lendemain soir, en m'avançant vers le feu, j'aperçois Babak et Shadi, dans les bras l'un de l'autre, je fais demi-tour pour ne pas déranger leur intimité, mais j'entends leurs voix :

— Ils ont réussi. Ils ont réussi ! Mon Dieu merci, ils ont réussi !

Je suis étonnée qu'ils soient croyants et remercient Dieu pour une réussite, quelle qu'elle soit, dans laquelle il n'a, sans doute, joué aucun rôle. Je m'approche et leur demande :

— Ils ont réussi quoi ? Qui a réussi ?

— Ça y est, ils ont réussi, s'écrient-ils d'une même voix.

Ils pleurent et rient en même temps.

Babak augmente le volume de la radio qui diffuse l'ancien hymne national. Ce qui m'étonne, car depuis 1979 il a été interdit. J'entends ce que je n'arrive pas à croire :

« *Bieté rahbari âtash guéreft...* » Cette unique phrase me fait crier de joie. La voix de journaliste répète : « *Bieté rahbari âtash guéreft...* Le siège du Guide de la révolution a été brûlé. L'ayatollah Khamenei est mort ainsi que ses plus fidèles collaborateurs. Le Conseil des Gardiens de la révolution et l'Assemblée des experts ont explosé. Les ayatollahs Djanati, Laridjani, Raïssi, Yazdi, Rohani, Khatami... sont morts avec beaucoup d'autres. La radio et la télévision nationales ont été libérées. Le chef des pasdarans est mort avec bon nombre de responsables paramilitaires haut gradés dans une explosion, à la base aérienne à Téhéran… »

Je me pince pour être sûre qu'il ne s'agit pas d'un rêve. Je serre Shadi et Babak dans mes bras.

Après l'énumération des endroits stratégiques brûlés, détruits par des bombes ou libérés, après la liste des noms des dirigeants criminels éliminés, une voix de femme, sereine et magistrale, annonce :

« Je suis Pourandokht Azad, fille de parents journalistes assassinés en 1999, petite-fille des grands-parents assassinés en 1979. Vous connaissez tous mon jeune oncle paternel Fereydoun Azad, le champion mondial de judo. Je déclare la libération de l'Iran. Pour cette victoire, l'élimination de quelques milliers d'ayatollahs, de dirigeants, et de pasdarans fanatiques a été nécessaire, même si nous aurions préféré les faire juger pour leurs crimes. Avec mes soldats, femmes et hommes, nous avons libéré tous les prisonniers politiques. Désormais, il n'y aura aucun tribunal révolutionnaire, aucune exécution sommaire, aucune pendaison, aucun assassinat ; désormais, personne ne sera plus torturé. J'invite l'armée nationale et les policiers à reprendre leur poste pour assurer la protection du pays et du peuple contre une éventuelle agression de la Turquie, de l'Arabie saoudite, du Pakistan ou de la Russie. L'Iran a besoin de vous. Plus que jamais. Je demande à tous les pasdarans et bassidjis de rejoindre l'armée nationale. Je fais appel au sens de la responsabilité, à la vigilance, au patriotisme de tous mes compatriotes. Demain matin, les membres d'un gouvernement provisoire vous seront présentés et ils se mettront tout de suite au travail. Dans quelques mois, des élections libres seront organisées. Nous disposons du trésor personnel de Khamenei, qui avait pillé le pays : des chambres fortes remplies d'or, de diamants et quelques milliards de dollars en cash. Ce trésor ne servira plus à payer les mercenaires à l'intérieur de notre pays comme en Syrie, au Liban, en Irak, en Palestine, au Yémen ou dans d'autres pays en Amérique du Sud, en Afrique, mais à la reconstruction de notre pays dévasté. J'invite les journalistes étrangers à venir en Iran. C'est la fin de l'État islamique. C'est le début d'une première construction démocratique de l'Iran. Les minorités religieuses et ethniques ne seront plus persécutées, elles ne feront plus l'objet d'aucune discrimination. J'invite la diaspora iranienne en Occident à rentrer et à prendre part à la reconstruction du pays. J'envoie un message d'amitié aux

États-Unis d'Amérique, à la France, à l'Angleterre, à l'Allemagne, à l'Europe et au seul pays démocratique dans la région : Israël. La région a besoin de vous pour être stabilisée. Nous invitons toutes les sociétés européennes, américaines à revenir en Iran. Nous ne sommes ni idéologues ni idéalistes. Nous ne voulons ni bombe ni énergie nucléaire. L'Iran sera un pionnier de l'énergie solaire. Notre devise est : Démocratie et Écologie. Notre peuple veut vivre dignement en paix. »

Après son annonce, on entend le message d'un général de l'armée qui ordonne aux forces iraniennes en Syrie, au Liban, en Irak, en Afghanistan et au Yémen... de rentrer au pays pour protéger les frontières. Puis, on entend à nouveau l'hymne national. Ô Iran contrée de l'or, de ta terre jaillit l'art. Loin de toi les pensées d'ennemis...

Pour la première fois depuis que je suis rentrée au pays, je regrette de ne pas être devant la télévision, devant Internet. J'imagine mon éditeur à Paris et les journalistes qui doivent essayer de me joindre, se demandant où j'ai disparu dans un moment pareil.

— Vous avez appris la nouvelle quand ?

— Juste à l'instant.

— Et ils ont réussi quand ?

— Probablement dans la matinée.

— Et vous avez attendu huit heures du soir pour allumer la radio ?

— Il fallait que les enfants soient couchés. Il ne fallait pas les perturber. Nous avons l'ordre de ne rien changer à notre vie tant que personne n'est revenu nous donner de nouvelles instructions. La situation est encore instable. Même sans chefs, certains pasdarans, pour qui l'islam est plus important que l'Iran, peuvent essayer de reprendre le contrôle des endroits stratégiques, ou de semer le chaos dans le pays en massacrant la foule en liesse pour déclencher une guerre civile. Il peut se passer des choses imprévisibles. Tout n'est pas gagné encore, me dit Shadi avec une sagesse qui me fait honte.

Je me rends compte à quel point je suis différente d'eux. Je saisis vraiment, profondément, pour la première fois, le sens de la discipline, de l'éthique, de la résistance, de l'abnégation, de la confiance, de la fidélité, de l'humanisme, de la générosité d'âme et de la bonté, et aussi de l'obéissance rationnelle, réfléchie et raisonnée à l'autorité légitime et aux ordres justes. Les qualités qui ont été nécessaires à la création de cette tribu, à l'organisation de leurs réseaux souterrains à Téhéran durant des années, comme à leur réussite finale. Des qualités dont les quelques millions d'Iraniens aux États-Unis, en

Europe et au Canada, qui vivent librement dans le confort, sont dépourvus. Je n'ai jamais admiré personne dans ma vie, et je crois que j'admire chacun d'eux.

— Comment ont-ils fait ? Comment est-ce possible ? Le siège du Guide était sécurisé et surveillé comme nul autre lieu ? Comment ont-ils fait pour synchroniser toutes ces opérations ?

— Depuis plusieurs années, oncle Fereydoun, ses fils et leurs femmes, Pourandokht, Parastou et leurs maris, avaient créé, avec des personnes de confiance, des réseaux qui avaient infiltré, parfois comme simples domestiques, les instances les plus importantes, y compris le siège du Guide, en se faisant passer pour les fervents défenseurs du régime.

Je pense instantanément à des gens comme Leili et Sara… Il ne manquait pas dans le pays de volontaires prêts à risquer leur vie pour en finir avec ce régime. En quarante-deux ans, quelques millions se sont révoltés, des centaines de milliers ont été emprisonnés, torturés, exécutés, seulement il n'y avait jamais eu de rassembleur, de plan, de cerveau pour organiser un mouvement de résistance professionnel et actif. Il n'y avait jamais eu de vrais leaders intègres et exemplaires.

— Depuis cinq ans, des couples grandis ici sont partis à Téhéran pour rejoindre les réseaux et préparer les opérations. Moi et Shadi avons dû rester par tirage au sort, nous voulions aussi partir et combattre, mais il fallait qu'au moins un couple reste pour les plus petits ; et en cas d'échec de toutes les opérations, préserver la tribu, me dit Babak.

— Combien ont-ils été ?

— Je n'en ai pas une idée précise. De notre tribu, il y a eu deux cent soixante-quatre personnes, et je pense que le réseau devait comprendre plus de deux cents cellules, composées chacune de trois à cinq personnes. Probablement autour de mille combattants hautement entraînés. Mais peut-être plus. Les dirigeants ne s'attendaient absolument pas à ce que des centaines de cellules dormantes, parfois au sein de leur propre système, soient soudainement activées un beau matin, leur tombant dessus à l'aube, avant qu'ils ne soient réveillés.

Je m'éloigne pour leur laisser savourer leur réussite en amoureux et reste un long moment face aux montagnes dont les sommets enneigés brillent sous la lumière des étoiles. Je fais, pour la première fois de ma vie, l'expérience d'une immense joie intérieure, profonde et retenue.

Le monde entier est devant la télé, ébahi, voit la chute incroyable du régime islamique en Iran. J'imagine la diaspora, les opposants, en Europe, aux États-Unis, au Canda qui, se gargarisent…

Cette réussite est celle de Fereydoun Azad, champion mondial de judo qui, après l'assassinat de son frère et de sa belle-sœur, ma cousine, avait refusé de m'envoyer Pourandokht et Parastou en France. Dans le *Shâh-Nâmeh*, Livre des Rois de Ferdowsi, Fereydoun est le roi juste et généreux.

Shadi m'a expliqué que c'était Pourandokht qui avait persuadé, il y a sept ans, son oncle et ses deux fils de créer un mouvement de résistance pour combattre le régime… et qu'au départ, ils croyaient cette idée, non seulement très dangereuse, pouvant détruire toute la tribu, mais aussi absolument irréalisable. Pourandokht avait insisté, argumenté, puis discuté avec tous les enfants récoltés qui avaient l'âge d'y participer. Ils avaient voté. Et tous étaient partants.

Dans la pénombre, sous le ciel étoilé, un sentiment aussi inattendu que profond m'envahit : la voix glorieuse de Pourandokht, en déclarant la libération de l'Iran, me libère du joug d'une croyance néfaste enracinée en moi ! Née après un fils merveilleux mort, toute mon existence a été gravée par le sceau d'une injustice intime : incriminée de n'être pas née avec un pénis, je me suis toujours vécu coupable. Cette croyance, cette culpabilité, cette infériorité congénitale, intrinsèque, sans même un frère mort, qui condamne, encore aujourd'hui, dans beaucoup de pays, dans beaucoup de familles, des êtres sans pénis, n'était pas née dans l'esprit de ma mère ni dans celui de ses ancêtres ; cette croyance est très ancienne. Elle est millénaire. Dans mon pays, cette croyance est celle des ayatollahs. Depuis la nuit des Temps, à travers le monde, quelques milliards de mères, de toute culture, de toute nationalité, de toute religion, ont été déçues de mettre au monde des nourrissons sans pénis. Et le monde entier apprenait que l'Iran venait d'être libéré, à jamais, des mains des ayatollahs et du joug de la charia, par la volonté, l'intelligence et le courage d'un être sans pénis. Une Femme.

TABLE

Cet ouvrage a été imprimé
par CPI Firmin-Didot
pour le compte des éditions Grasset
à Mesnil-sur-l'Estrée (Eure)
en février 2021

Mise en pages PCA,
44400 Rezé

PAPIER À BASE DE FIBRES CERTIFIÉES

Grasset s'engage pour l'environnement en réduisant l'empreinte carbone de ses livres. Celle de cet exemplaire est de
500 g éq. CO_2
Rendez-vous sur www.grasset-durable.fr

N° d'édition : 21886 – N° d'impression : 160947
Dépôt légal : mars 2021
Imprimé en France